英文寫作的魅力

十大經典準則

人人都能寫出
清晰又優雅的文章

style

THE BASICS OF
CLARITY AND GRACE

Fifth edition

約瑟夫·威廉斯 (Joseph M. Williams) 與 約瑟夫·畢薩普 (Joseph Bizup) 著　陳佳伶 譯

自由學習 4

英文寫作的魅力
十大經典準則，人人都能寫出清晰又優雅的文章

作　　　者	約瑟夫・威廉斯（Joseph M. Williams）、 約瑟夫・畢薩普（Joseph Bizup）
譯　　　者	陳佳伶
特 約 編 輯	許玉意
行 銷 業 務	劉順眾、顏宏紋、李君宜

總　編　輯	林博華
發　行　人	涂玉雲
出　　　版	經濟新潮社
	104台北市中山區民生東路二段141號5樓
	電話：(02) 2500-7696　傳真：(02) 2500-1955
	經濟新潮社部落格：http://ecocite.pixnet.net
發　　　行	英屬蓋曼群島商家庭傳媒股份有限公司城邦分公司
	104台北市中山區民生東路二段141號11樓
	客服服務專線：02-25007718；25007719
	24小時傳真專線：02-25001990；25001991
	服務時間：週一至週五上午09:30~12:00；下午13:30~17:00
	劃撥帳號：19863813　戶名：書虫股份有限公司
	讀者服務信箱：service@readingclub.com.tw
香港發行所	城邦（香港）出版集團有限公司
	香港灣仔駱克道193號東超商業中心1樓
	電話：(852) 25086231　傳真：(852) 25789337
	E-mail: hkcite@biznetvigator.com
馬新發行所	城邦（馬新）出版集團 Cite (M) Sdn Bhd
	41, Jalan Radin Anum, Bandar Baru Sri Petaling,
	57000 Kuala Lumpur, Malaysia.
	電話：(603) 90578822　傳真：(603) 90576622
	E-mail: cite@cite.com.my
印　　　刷	宏玖國際有限公司
初 版 一 刷	2014年9月4日
初 版 12 刷	2022年4月28日

城邦讀書花園
www.cite.com.tw

ISBN：978-986-6031-56-4　　　　版權所有・翻印必究

售價：360元　　　　Printed in Taiwan

【目錄】

〔推薦語〕

王星威

忠欣股份有限公司總經理，多益測驗台灣區代表

email普遍之後，英文寫作能力顯得愈來愈重要了。我能用英文開會，看英文資料也沒問題，可是到了寫英文的時候，卻永遠要面對三個困擾：

1. 我的文法對嗎？
2. 表達得夠清楚嗎？
3. 我寫得好不好？

也許我的問題也是很多英文非母語人士的困擾，通常我都是看狀況需要，去面對處理這種困擾。如果這個文字很重要，我就請老外幫忙校稿；假如好像可以馬虎一點，那我就多看兩遍，然後帶著一點擔心讓mail發了出去。

約瑟夫‧威廉斯（Joseph M. Williams）所著《英文寫作的魅力》（Style）剛好幫我解決了這個困擾，書中的三點特色特別實用：

1. 作者不斷地用文句中角色幫我釐清認知，去了解為何別人容易誤會，而問題在哪？

2. 第二，作者用「診斷、分析、重寫」的流程，幫我建立更好的文字能力。

3. 第三，作者用多個例句的對比詮釋，去比較哪句好，好在哪裡；哪句差，差在哪裡，讓我從案例中學習。

這本書確實減輕了一些英文寫作時的困擾，相信也可以幫到你的。

〔推薦語〕

劉美君

國立交通大學外文系、語文所教授

　　寫作的魅力就像人的衣裝，怎麼選衣，怎麼穿戴，怎麼搭配，才能表現出清新優雅的品味，才能讓每個人都忍不住多看一眼，這就是本書的獨到之處！英語大師約瑟夫・威廉斯傾囊相授，一步步引領讀者了解構思、選材、修飾、組織的祕訣何在，並藉由多樣的經典範例來磨練基本功，幫助讀者在英文寫作上建立流暢連貫、條理分明、趣味盎然的風格特色！

　　時尚大師告訴你怎麼穿才有品味，這本書告訴你怎麼寫才有魅力！

〔推薦序〕
簡潔、清晰寫作的必要

黃玟君博士
國立台灣科技大學應用外語系

對台灣英文學習者而言，「寫作」可說是聽說讀寫四項技巧中最困難的，於是相關的迷思也最多，例如許多人認為，寫作時用字要愈難愈好、句子要愈長愈好、句型要愈複雜愈好、文章也要愈長愈好。事實不然，甚至剛好相反。

首先，難字容易拼錯，且除非你很清楚知道某個難字的確切意思及用法，否則容易誤用此字。其次，英文句子寫得愈長，出錯的機會也愈高，因此倒不如多用簡短句子，確保每句切中要旨，偶爾再用「連接詞」等方式加長句子的長度。再者，一個充斥關係代名詞、子句、倒裝句型的複雜句子讀起來不僅令人感到吃力，也容易使人抓不到重點，倒不如多使用簡單句，再適度穿插幾句複句、合句，讓句型有所變化。最後，英文作文有一定的結構（例如導論、內文、結論等）、每個段

落也有大致固定的寫法（例如主題句及支持細節），若在沒有結構的情況下東一句、西一句，想到哪寫到哪，便容易讓讀者看穿自己對英文作文認識的淺薄，不可不慎。由此可知，想要寫出簡潔、清晰的好文章，便需破除寫作的迷思！

約瑟夫・威廉斯教授的《英文寫作的魅力》便是一本提倡並教導簡潔、清晰寫作的好書。在這本書中，作者提出英文寫作的十大準則，每一條都值得讀者好好體會。與一般強調「理論」的寫作書不同，本書不提抽象艱深的理論，而是利用大量對照的實例說明某項寫作準則，精闢解說不同實例的優劣，然後再舉更多的例子闡述此準則，甚至提出供讀者診斷自己作品的方式。

在本書所提出的所有大大小小準則中，我認為最關鍵的便是「將一個句子最重要的人事物當主詞，並將最明確且重要的動作當動詞」。的確，根據約瑟夫・威廉斯教授的說法，寫作時應將主詞與動詞明確且直接寫出來，讓讀者可以盡快找到主詞與動詞，而不是為了賣弄個人文采，將形容詞或動詞「名詞化」（亦即常用抽象名詞當主詞），或將主詞、動詞分隔遙遠，讓人讀來滿頭霧水。以書中句子為例，與其寫 The intention of the committee is to audit the records.，倒不如寫 The committee intends to audit the records.。

至於此書中我受益最深的章節便是第八章「簡潔」。為什麼呢？台灣近幾年贅字問題嚴重，新聞媒體乃始作俑者。例如

記者常將「今天稍早以前」掛在嘴邊，殊不知「稍早」即有「以前」之意，兩者擇一即可。此外，如「大約100元左右」（「大約」、「左右」應刪除一個）、「這是他當初始料未及的」（「當初」即「始」，故「當初」應刪除）等講法，都讓人不禁搖頭嘆息。

欲寫出簡潔的句子，約瑟夫‧威廉斯教授認為必須刪除沒有意義的字（或在意義上與其他字詞重覆的字），此外也必須用單字取代片語、將否定改成肯定，以及刪除無用的形容詞及副詞。以書中句子為例，22個字的冗贅句子 In my personal opinion, it is necessary that we should not ignore the opportunity to think over each and every suggestion offered. 遠遠比不上短短5個字的 We should consider each suggestion. 來得精鍊清楚。至於我寫作時常會用的 the reason that、despite the fact that、in the event that、concerning the matter of 等，恰好都是本書作者耳提面命必須避免使用的，因此這章節的內容值得我反覆琢磨、時刻銘記在心。

除了上述，本書尚提供許多書寫上的極佳建議，例如「避免在句尾使用介系詞」、「對等句型可以優雅地延伸一個句子的行文」、「（寫長句時）應盡量讓主、動詞及早出現，讓讀者盡早知道主題，然後在句子後再去鋪陳細節」等；此外，本書也挑戰了一些視為理所當然的寫作規則，例如「許多人以為句子出現被動式就是不好的句子，但被動式在某些情境下卻很有

用」等。總之，若您是英文寫作的新手，則此書值得您好好研讀；若您常常以英文書寫，但想在寫作這條路上精益求精，則此書值得您細細品嚐。

〔推薦序〕

要當好的作者，
必先成為好的讀者

李奇

高中英文補教名師

　　我在大學時代雖就讀台大理學院，但大三、大四時修習許多外文系及外文研究的課，以逃避如「物理化學」（Physical Chemistry）、「微分方程」、「地形學」、「古生物學」（Paleontology）等課程。我特別記得外文系客座教授Madison Morrison在台大外研所開了「美國小說」、「超現實主義文學」、「二次大戰後美國詩選」等課程，我花在它們的時間遠超過本系的課！其中，我從頭讀完凱薩琳·安·波特（Katherine Anne Porter）的《愚人船》（*Ship of Fools*），並向「美新處」借了所有波特的短篇小說選。波特的《盛開的猶大花》（*Flowering Judas*），我是一句一句重新抄寫，以學習她的小說寫作技巧。我也熟讀她評論小說技巧的文章。我

非常高興約瑟夫・威廉斯教授這本《英文寫作的魅力》引用了波特的話做為前言。這位美國作家在台灣或許不如威廉・福克納（William Faulkner）、芙蘭納莉・歐康納（Flannery O'Connor）、約翰・厄普代克（John Updike）、喬伊斯・卡羅爾・歐茨（Joyce Carol Oates）那麼有名，但在美國文壇卻是一股奇特清流。「很多人不了解，寫作也是一種技藝，就像其他任何技術一樣，都必須經過學徒的過程。」的確，波特在發表她的處女作之前，熟讀了珍・奧斯汀（Jane Austen）、艾蜜莉・勃朗特（Emily Bronte）、亨利・詹姆斯（Henry James）和維吉尼亞・吳爾芙（Virginia Woolf）等人的作品。那豈止是精讀（close reading），簡直是讀到骨子裡去了。

在一九八〇年代中期，我下定決心以教授英文做為我人生的主要使命時，而我始終以寫作做為我教學的主幹。為了要學生寫得精彩、寫得正確，我鼓勵他們「悅讀—閱讀」，並要他們將所學的英文文法句型融入寫作之中。在編寫教材及教學的過程中，我奉懷特（E.B White）及威廉・史壯克（William Strunk. Jr.）合著的《英文寫作風格的要素》（*The Elements of Style*）為圭臬。該書非常偉大，且懷特與史壯克為英文寫作立下高遠的目標。然而，該書較少舉出實例，所以我非常喜歡從Robert G. Banders 的《*American English Rhetoric*》找靈感。這本書我都快翻爛了，其中就定義法（Definition）、比較（Comparison）、對比（Contrast）、舉例（Exemplification）、

因果（Cause and Effect）、事實與數據（Facts & Figures）各部分皆舉出大量實例供學生或教師研習。此外William K. Zinsser的名著《*On Writing Well*》也是我常參考的書。後來在英國華威大學（Warwick）唸書時，為了將博士論文的序言（prologue）寫得更好，我仔細鑽研多本教授的專書。這時我接觸約瑟夫・威廉斯教授的幾本大作。首先是《*The New English: Structure, Form, Style*》，繼而是《*Origins of the English Language: A Social and Linguistic History*》。他總是強調clarity and grace，也強調simple, clear and powerful。

　　讓我援引簡潔扼要英文寫作實踐者《經濟學人》為例。在2014年八月十六日以伊拉克內部巨變〈Black to Iraq〉這篇文章中*，作者在第九頁第一～三段簡明扼要地對比了小布希與歐巴馬在伊拉克政策的大相逕庭。不同於美國外交月刊上的文章分析雖精闢但過於吊書袋，也不同於《時代雜誌》往往先描述氛圍、戰場的情勢，最後才切入正題。作者第一句話既是主題句（Topic Sentence）也是文章的精髓（quintessence）：America's last two presidents have got things wrong in Iraq in opposite ways.他用一大段分析小布希的錯誤；又用第二段分析歐巴馬外交政策之失誤，第三段則提出分析，也暗示出可

---

* 作者註：《經濟學人》雜誌原文：http://www.economist.com/news/leaders/21612229-combining-military-force-political-brinkmanship-america-making-some-headway-back

能的解決之道：combining modest military force with hard-nosed political brinkmanship。不過，他也預測真正成功機會不大，但勝過不作為。（Given conditions in the region, the chances of success are limited. But they are better than those offered by any other approach.）這種寫作方式正可與約瑟夫·威廉斯教授的寫作技巧及推崇的寫作邏輯風格互相呼應！

　　要當一位好的作者，必先成為好的讀者。《英文寫作的魅力》所強調的觀點在於，以非文學作品的寫作而言，作者有義務以最簡潔的語言和形式表達。原因是，當文字因為寫作方式而難以閱讀時，只會使讀者望文興嘆，作者傳遞訊息的任務便宣告失敗。同時，本書也清楚地解釋分析，為什麼不同的組合讓讀者看起來會有不同的感受，並透過「診斷與修改」的實例，說明如何將句子變得清晰易讀。不論你是吸收訊息的讀者，或是想要強化英文表達的作者，本書都能指引你明確的方向，讓你充分體會莎士比亞劇中所說「Brevity is the soul of wit」的真義，以及感受清晰（clarity）與簡潔（concision）為英文寫作所帶來的驚奇魅力。

Preface

前言

> 很多人不了解，寫作也是一種技藝，就像其他任
> 何技術一樣，都必須經過學徒的過程。
> ——凱薩琳·安·波特（Katherine Anne Porter），美國作家

　　這本書現在已經進入第五版了，它是已故的約瑟夫·威廉斯所著《風格：清晰、優雅的寫作課程》（*Style: Lessons in Clarity and Grace*）1981年出版的簡短版。當年該書的問世，幫助了數千位寫作者與讀者的溝通無障礙。本書第四版由葛雷·科倫（Greg Colomb）修訂，他是約瑟夫很久的朋友與合作者。葛雷在第四版前言一開始就談到，「雖然應該是由約瑟夫來寫這段話，但是我很榮幸能夠代勞。」由於葛雷在2011年過世，照管這些書的責任就落到了我的肩上。我也想要說同樣的話，雖然該是葛雷來修訂這本書的新版，但是我很榮幸能夠代勞。

本書探討的核心問題如下：

- 在一個句子中，促使讀者產生判斷的因素是什麼？
- 我們如何先行判斷自己的文章，藉以預測讀者對它的觀感？
- 我們要如何修改句子，以提升讀者的印象？
- 我們要如何提供讀者充分的資訊，讓他們更能夠整合所有的句子，以產生完整的理解？

約瑟夫說明了這些問題的重要性：

　　關於寫作的標準建議，都忽略了以上所有的問題，大部分都是像「作計畫」、「避免用被動式」和「考慮你的讀者」這些老生常談——大多數人在絞盡腦汁把概念付諸於紙頁時，都會忽略這些建議。當我在寫這一段文字時，我並沒有想到讀者：我只想到把自己的想法寫完整。我確實知道我會一再回顧這些句子（我不知道會長達二十五年以上），以及只有到那時候——在我修改的時候——我才會想到讀者，並發現最符合我的文字的計畫。我也知道當我這麼做的時候，有一些原則是我可以遵循的。

　　這本書中解釋了這些原則。以下文字大部分出自約瑟夫，只是葛雷和我先後稍微做了一點修改，以更符合約瑟的第一人稱口吻，並讓我們參與及融入在他的文本中。

原則不是處方

這些原則可能看起來像處方箋，但是那並非我們的目的。我們提供這些原則，是做為一個方法，幫助你預測讀者如何評斷你的文章，然後協助你決定是否及如何修改你的文章。在學習這些原則的過程中，你可能會發現自己的寫作速度變慢了，那是無可避免的。當我們一邊思考自己所做的事情時，會變得較有自覺，有時候甚至接近偏執。這個情形會過去。你可以避免某些偏執的情況，只要記住這些原則與你如何擬稿沒多大關係，而是與你如何修改關聯較大。如果擬草稿有所謂首要的原則，那就是忘記所有關於擬草稿的建議。

但是，要學會如何有效率地修改，有一些事情你必須知道：

- 你必須知道一些文法上的術語：主詞、動詞、名詞、主動、被動、子句、介系詞、對等連接詞（coordination）等。
- 你必須學會「主題」、「強調」，以及「主旨」這三個常用詞語的新意義。
- 你會需要五個你可能不知道的術語，其中兩個很重要：名詞化（nominalization）和後設論述（metadiscourse）；另外三個很實用：概括修飾語（resumptive modifier）、統合修飾語（summative modifier），以及自由修飾語（free modifier）。

最後，如果你是獨自閱讀這本書，請放慢速度。這不是一本能一口氣就讀完的簡單文類。請以一次只讀幾頁的進度學習，可以練習編輯別人的文章，還有你自己以前的舊作品，以及你當天寫作的文章。

如果你發現這些原則有效，想要進一步閱讀討論風格與修改練習的專書，你可以參考本書更完整的版本：《風格：清晰優雅的寫作課程》第十一版（*Style: Lessons in Clarity and Grace*, Eleventh Edition），ISBN 10: 0-321-89868。

致謝

我很榮幸、也很謙卑地接下約瑟夫·威廉斯這本美好作品的改版工作。我要感謝皮爾森朗文出版社的Katharine Glynn交給我這項任務，她在編輯上的智慧使我受益良多。感謝Heather Barrett細心詳盡校對全書的引文。感謝Amy Bennett-Zendzian在校對上的協助。在波士頓大學的許多同事，以及其他與我討論過約瑟夫·威廉斯書中概念的人們，都幫助我把這份工作做得更好。我很感謝約瑟夫·威廉斯在2008年與我的對話。當時他來訪，我則擔任寫作學程的主任。我也欠葛雷·科倫很大一份情，因為他在智識上和專業上的引導，以及他的友誼。最後，我要感謝Annmarie、Grace和Charlotte，為我們一起共享的愛與歡樂。

約瑟夫·畢薩普（Joseph Bizup）

In Memoriam

紀念

約瑟夫・威廉斯（Joseph M. Williams），1933-2008

最優秀的工匠（*il miglior fabbro*）

——葛雷格利・科倫（Gregory G. Colomb）

　　二〇〇八年二月二十二號，這個世界失去了一位偉大的學者和教師，我則失去了我的摯友——約瑟夫・威廉斯。將近三十年來，威廉斯和我一同教書、做研究、寫作，一起喝酒、旅行，也一起吵架或分開吵。當這些「分開」的爭論導致他在最後一版所謂的「我們荒唐的吼叫比賽」後，我們的關係更緊密了，寫作也更審慎了，前所未有的謹慎。我知道他的缺點，但他是我所認識最棒的人。

　　我給約瑟夫的墓誌銘——最優秀的工匠（*il miglior fabbro*）——讓他身居崇高的行列中。這句話出自於但丁，是用來形

容十二世紀的行吟詩人阿諾特‧但以理（Arnaut Daniel），他被普魯塔克（Plutarch，羅馬時代希臘作家）讚譽為其領域中的「偉大宗師」。在上一個世紀，艾略特（T. S. Eliot）曾以此褒揚艾茲拉‧龐德（Ezra Pond，美國著名詩人、文學家）而眾人皆知。當然，這些詩人都並非以清晰優雅為人所知，而是因其深度和難度出名。不論如何，在他們的行業裡，沒有人比他們更優秀，正如在約瑟夫的領域裡，也沒有人比他更傑出了。而他更加特出的是，他的技藝每天精進一千倍以上。在所有文章、報告、隨筆以及其他文件裡，因為他的緣故，而讓讀者更順利地閱讀。

In Memoriam

紀念

最大的快樂，不在於機運將我們放在何種生活狀
態下，而永遠是一個善的良知、良好的健康、職業，
以及追求所有正確事物的自由。

葛雷格利・科倫，1951-2011

葛雷的女兒選擇湯瑪斯・傑佛遜（Thomas Jefferson）這些
話，做為父親的墓誌銘。在葛雷的人生中，他當然體現了傑佛
遜所召喚的理想。但是傑佛遜的文字遠比葛雷女兒所知的還更
加貼切，因為在其原來的出處《論維吉尼亞州》（*Notes on the
State of Virginia*）中，它所代表的不只是輕快的感受而已，也
是對教育的具體提議，葛雷終其一生都投入的志業。傑佛遜
呼籲要為最年幼的孩童灌輸「最基礎的道德元素」，以至於當
他們長大成人後，這些元素「可以教育他們如何打造出自身最

大的幸福……」。葛雷是最好的教師，他教導無數學生——以及律師、會計師、記者、甚至教授——去思考和寫作得更好。他也教導我們這些認識他的人活得更好。在智性和學術的標準上，他從來不妥協；在智識和專業的熱忱上，他毫不吝嗇。他擁有高度的自信，也自信到足以真誠地欣賞他人。他很常笑，也是我所認識最會說故事的人。葛雷教了我許多功課——最重要的是，他是用身教的方式教會我的。

Lesson 1

認識寫作風格

有話要說，而且盡你所能說得清楚，那就是風格唯一的祕訣。

——馬修・阿諾（Matthew Arnold），英國詩人及文化評論家

清晰與理解

這本書秉持著兩個信念：寫作清晰是好事，以及，每一個人都做得到。第一個信念不證自明。但是第二個信念對於想要寫得更清晰，卻不得其門而入的人來說，或許顯得太過樂觀了。

清晰寫作這個困難、甚至令人膽怯的任務已經挑戰許多世代的寫作者，他們不僅無法讓自己的概念傳達給讀者，有時甚至也不曉得自己在寫些什麼。當我們閱讀政府規章那類文字

時，我們會稱之為「官僚語言」（bureaucratese）；法律文件，
我們稱為「法律措辭」（legalese）；至於小題大作的抽象學術
寫作，則叫做「學術文章」（academese）。不管是刻意寫作或
無心插柳，這種排外性濃厚的語言是一個民主社會所不能容許
的。

模糊的誘惑

　　在談英語寫作最為人所知的這篇文章〈政治和英語〉
（Politics and the English Language）中，喬治·歐威爾（George
Orwell）剖析了政客、學者和其他專業工作者過度膨脹的語言：

The keynote [of a pretentious style] is the elimination of
simple verbs. Instead of being a single word, such as *break,
stop, spoil, mend, kill*, a verb becomes a phrase, made up
of a noun or adjective tacked on to some general-purposes
verb such as *prove, serve, form, play, render*. In addition, the
passive voice is wherever possible used in preference to the
active, and noun constructions are used instead of gerunds (*by
examination* of instead of *by examining*).

（〔矯飾風格〕主要的特色是完全不用簡單動詞。動詞不用
單一的詞，例如打破、停止、破壞、修補、殺，而變成一

個片語，由名詞或形容詞接在某個常用動詞〔如：證明、做為、形成、玩、使……如何〕之後所構成。此外，被動式語態只要一有機會就出現，遠多於主動式語態，名詞結構也比分詞結構常用的多。）

但是歐威爾在批評那種寫作形式的同時，卻也採用了同樣的寫法。他這段話原本可以寫得更為精簡：

Pretentious writers avoid simple verbs. Instead of using one word such as *break, stop, kill,* they turn the verb into a noun or adjective, then tack onto it a general-purpose verb such as *prove, serve, form, play, render.* Whenever possible, they use the passive voice instead of the active, and noun constructions instead of gerunds (*by examination* instead of *by examining*).（虛矯的寫作者會避用簡單的動詞。與其使用一個單字如打破、停止、殺，他們會將此動詞轉為名詞或形容詞，再加上一個常見的動詞〔例如證明、做為、形成、玩、使……如何等〕。只要一有機會，就會使用被動語態而非主動式，或者名詞結構而非分詞構句。）

如果對於過度膨脹的寫作格式最嚴格的批評者都無法免於此窠臼，那麼對政客和學術研究者會採取此風寫作也就不需太驚訝了。談到社會科學的語言：

[A] turgid and polysyllabic prose does seem to prevail in the social sciences... Such a lack of ready intelligibility, I believe, usually has little or nothing to do with the complexity of thought. It has to do almost entirely with certain confusions of the academic writer about his own status.

（在社會科學中，一種膨脹和多音節字構成的文章似乎正方興未艾……。我相信這種缺乏有效智識性的現象，通常與思想的複雜度無甚關係，或根本無關，而是幾乎完全與此學術作者對自己的地位有某種困惑有關。）

——萊特·米爾斯（C. Wright Mills），
《社會學的想像》（*The Sociological Imagination*）

談到醫學語言：

[I]t now appears that obligatory obfuscation is a firm tradition within the medical profession... This may explain why only the most eminent physicians, the Cushings and Oslers, feel free to express themselves lucidly.

（目前看來在醫學界有種必要的混亂而且歷久不衰的傳統……。這可能可以解釋為何只有最卓著的醫生，像是庫循斯和歐斯勒等，才會覺得能自在地清楚表達自己。）

——麥克·克萊頓（Michael Crichton），〈醫療混淆：結構與功能〉
（Medical Obfuscation: Structure and Function），
收錄在《新英格蘭醫學期刊》

談到法律語言：

[I]n law journals, in speeches, in classrooms and in courtrooms, lawyers and judges are beginning to worry about how often they have been misunderstood, and they are discovering that sometimes they can't even understand each other.

（律師和法官們在法律期刊、演講、教室裡和法庭上，漸漸開始對於被誤解的情況感到憂心，他們也發現有時候彼此之間也無法互相理解。）

——湯姆・果史坦（Tom Goldstein），《紐約時報》

談到科學語言：

But there are times when the more the authors explain [about ape communication], the less we understand. Apes certainly seem capable of using language to communicate. Whether scientists are remains doubtful.

（但有時候作者解釋得愈多〔關於猿猴的溝通〕，我們卻懂得愈少。猿猴當然似乎能夠使用語言溝通，但科學家是否能夠則不確定了。）

——道格拉斯・查德威克（Douglas Chadwick），《紐約時報》

我們大部分人都曾在教科書上看到這類文句：

Recognition of the fact that systems [of grammar] differ from one language to another can serve as the basis for serious consideration of the problems confronting translators of the great works of world literature originally written in a language other than English.

（認識到每種語言的〔文法〕系統均不相同可以做為審慎思考世界文學名著翻譯者在翻譯英語之外的作品時遇到的問題的基礎。）

但這個意思可用大約一半的字數表示：

When we recognize that languages have different grammars, we can consider the problems of those who translate great works of literature into English.

（當我們認識到語言各自有不同的文法，就能思考文學名著翻譯者將作品譯成英文所遇到的問題。）

數個世代以來的學生無不與晦澀的寫作搏鬥，很多人認為學生不夠聰明，無法理解作者深度的思想。有些人這樣想並沒有錯，但是更多人更可以怪罪作者沒有能力（或拒絕）寫得更清晰。難過的是，很多學生放棄了；更慘的是，其他人不僅學會閱讀那類文字，還學會那種寫作形式，並將之加諸在他們的讀者身上，延續牢不可破的艱澀寫作傳統。

寫作不清晰的幾個私人因素

寫作不清晰是個社會問題，但是通常有私人的原因。有些寫作者將自己的文章添油加料，認為複雜的句子能代表深刻的思想。然而當我們想要掩蓋自己不知所云的事實時，通常的做法就是設法堆砌抽象的字眼，寫成冗長而複雜的文句。

有些人的寫作毫無文采，並非刻意，而是相信好的寫作必須完全避免只有文法學家可以解釋的那些錯誤。他們不是將空白的紙頁視為探索思想的空間，卻是可能埋藏錯誤的地雷區。從一個字爬到另外一個字，不在乎讀者的理解，只在乎自己能安全活命。

還有些人無法寫得清晰，是因為他們僵住了，特別是在一個新的學術和專業環境下學習和寫作時。當我們努力想要掌握新的概念時，大部分人的寫作都會比寫自己所知的事物差。如果聽起來像是在說你，別灰心。當你更清楚理解你所寫作的事物後，你就會寫得更好。

然而大多數人寫作不清晰最大的原因是，不了解**何時**讀者會認為我們寫得不清楚，而非**為什麼**不清楚。自己的寫作在自己看來永遠比讀者所讀的更清楚，因為我們讀得到自己想讓讀者了解的東西。所以，與其修改寫作以滿足他們的需求，還不如讓寫作滿足自己，然後直接傳遞給讀者。

　　當然，這其中有很大的反諷：當我們寫一個自己不太了解的主題時，也就容易讓人霧裡看花。但是當我們覺得複雜的風格很難理解時，也很容易認為這種複雜代表有深度的思想，因此嘗試模仿這種形式，使得已經很難理解的寫作更加令人困惑。

關於寫作和閱讀

　　這本書是關於以自我的閱讀方式為根基的寫作。一旦你了解為何你將一個句子評為晦澀和抽象，另一個句子評為清晰和直白時，你就會知道如何辨認某些文章（甚至是你自己的文章）是複雜而非有深度的。這裡的問題是，沒有人能以完全客觀的角度看待自己的文章，因為我們對於頁面上的文字比較沒有反應，而是對我們腦中的思想有反應。只要你學會看清，放在**頁面上**的字眼在**讀者**眼中是如何感受，便能避免這個陷阱。

　　你還可以為自己做一件事：這裡提到的原則對於你的閱讀也有幫助。當你讀到艱深的文章時，便能加以判斷，難讀的原因是材料本身必要的複雜性，還是寫作上不必要的複雜性。如果是後者，可利用這些原則，在腦中將他人抽象不直接的文章，修改為你較容易理解的文章（也給自己一份靜默的滿足，知道你可以將之改寫得更為清晰）。

關於寫作和改寫

有個警告：如果你在擬稿時想到這些原則，你可能永遠也無法完成。最有經驗的作者會以最快速度寫下一點東西，然後把初稿修改成更清晰的作品，也更加了解自己的構想。當他們更了解自己的想法時，也就能更清楚表達。當他們能夠更清楚表達，也就能更加了解自己的想法……如此一直到他們用完精力、興趣，以及時間。

有些幸運的少數人，從開始之後要經過數週、數月、甚至數年才會走到終點。但是對於我們多數人，可能常被交稿期限追著跑，所以必須接受不夠完美、但已是能力所及的作品（完美主義可能很理想，但是你永遠不可能做完）。

所以，不要把你在此處發現的規則，加諸在你打草稿時的每一個句子上，而是將這些原則當成幫助你辨認可能構成讀者閱讀障礙的句子，然後加以修改。

雖然清晰很重要，然而有些情況下還需要更多：

Now the trumpet summons us again—not as a call to bear arms, though arms we need; not as a call to battle, though embattled we are—but a call to bear the burden of a long twilight struggle, year in and year out, "rejoicing in hope, patient, in tribulation"—a struggle against the common enemies of man: tyranny, poverty, disease and war itself.

（此刻號角又在召喚我們──不是拿起武器，雖然我們需要武器；不是去戰鬥，雖然我們不得不戰，而是去背負黎明前一段漫長掙扎的重擔，年復一年，「在指望中要喜樂，在患難中要忍耐」。這個抗爭是對人類共同的敵人：暴政、貧窮、疾病，和戰爭本身。）

──約翰・甘迺迪（John F. Kennedy），就職演說，一九六一年一月二十日

我們很少人會需要去寫一篇總統就職演說稿，但就算是較不嚴肅的場合，有些人也還是會因為寫出一兩句有模有樣的句子而沾沾自喜，即便沒人注意到也無所謂。倘若你不僅喜歡寫句子，還喜歡不斷修改，你可以在第十課找到一些靈感。寫作不是在一個句子後面接上另一個句子，不管你寫得多清晰，所以我會在第七課提供一些方式，讓你將句子組織成一個連貫性的整體。寫作也是一種可能滿足你讀者利益的社會行為，所以在第十一課，我會探討關於風格倫理的一些議題。

許多年前，孟肯（H. L. Mencken）寫道：

With precious few exceptions, all the books on style in English are by writers quite unable to write... Their central aim, of course, is to reduce the whole thing to a series of simple rules—the overmastering passion of their melancholy order, at all times and everywhere.

（所有關於英文風格的書籍都是不太會寫作的作者寫出來
的，只有一些難能可貴的例外……。當然，他們最中心的
目標，就是把這整件事濃縮成一系列簡單的規則——對這
個令人憂鬱的規律懷抱征服的熱情，不論何時何地。）

——「怡人書信的吉光片羽」（The Fringes of Lovely Letters）

　　孟肯是對的：沒有人能藉由學習規則而學會寫作，特別是
那些無法看見、感覺或思考的人。不過我知道很多人確實能看
得很清楚，感受很深刻，思考很謹慎，卻還是無法寫出句子，
將這些思想、感受和見解清楚地傳遞給讀者。我也知道，我們
寫作得更清晰，也就能更清楚地看、感覺，以及思考。規則無
法幫助任何人做到這些，但是有些原則可以。

Lesson 2

動作

任何可以被思考的事物就可以被思考清楚。任何可以被說出來的事物，就可以被清楚地說出。
——路德維格‧維根斯坦（Ludwig Wittgenstein），哲學家

了解我們如何表達評論

對於我們喜歡的寫作風格，可以讚美的詞語很多：清晰、直接、簡潔。也有更多用詞可以批評不喜歡的寫作：不清楚、迂迴、抽象、複雜等。我們可以用這些詞語來區別以下這兩個句子：

1a. The cause of our schools' failure at teaching basic skills is not understanding the influence of cultural background on learning.

（我們的學校無法成功教導基礎技能的原因，是不了解文化背景對學習的影響。）

1b. Our schools have failed to teach basic skills because they do not understand how cultural background influences the way a child learns.
（我們的學校無法成功教導基礎技能，是因為不了解文化背景如何影響孩童的學習方式。）

大部分人會認為（1a）的句子較晦澀、複雜，而（1b）較清楚、直接。但這些字眼指的不是句子**裡**的任何內容，它們描述的是這些句子給我們的**感受**。我們說（1a）**不清楚**，意思是它難以理解；我們說句子很**晦澀**，是指**我們**不太能理解它。

問題是要了解，這兩個句子**之中**究竟有什麼，會讓讀者閱讀時產生那樣的感受。只有那時，你才能超越對自己的寫作太熟悉的理解，知道你的讀者會認為它需要修改。為了做到這點，你必須知道何謂敘述故事。

述說有角色和行為的故事

以下的描述有一個問題：

2a. Once upon a time, as a walk through the woods was taking place on the part of Little Red Riding Hood, the Wolf's jump out from behind a tree occurred, causing her fright.

（從前從前，有一次小紅帽穿過樹林的散步中，發生野狼從一棵樹後面跳出來〔的動作〕，造成她的驚嚇。）

我們比較喜歡類似這樣的句子：

✓ 2b. Once upon a time, Little Red Riding Hood was walking through the woods, when the Wolf jumped out from behind a tree and frightened her.

（從前從前，小紅帽有一次穿越森林時，野狼從一棵樹後面跳出來，嚇了她一跳。）

大部分讀者會認為（2b）說的故事比（2a）更清楚，因為遵循了兩個原則：

- 句子的主要角色（character）是動詞的主詞（subject）。
- 這些動詞（verb）表達了特定的動作。

寫作清晰原則1：把主要角色當作主詞

看看（2a）句中的主詞，簡單主詞（劃底線者）**不是**主要的角色（斜體字者）：

2a. Once upon a time, as a <u>walk</u> through the woods was taking place on the part of *Little Red Riding Hood*, *the Wolf's* <u>jump</u> out from behind a tree occurred, causing *her* fright.

這些主詞不是為角色命名，而是為抽象名詞所表達的動作命名，如：walk（散步）和jump（跳）：

主詞	動詞
a <u>walk</u> through the woods （散步穿過樹林）	was taking place （發生）
the *Wolf's* <u>jump</u> out from behind a tree （野狼從一棵樹後面跳出來〔的動作〕）	occurred（發生）

發生（occurred）這個字的整個主詞裡的確有一個主角：the Wolf's jump（野狼跳出來），但是the Wolf（野狼）並非這裡的簡單主詞，只是連接著簡單主詞jump（跳）。

然而在下一句中，主角（斜體字者）是簡單主詞（劃底線者）：

✓ 2b. Once upon a time, *Little Red Riding Hood* was walking through the woods, when *the Wolf* jumped out from behind a tree and frightened *her*.

寫作清晰原則2：將重要動作當成動詞

現在看看（2a）句中的行動和動詞如何不同：它的動作（粗體字）不是以動詞形式（大寫字），而是以抽象名詞表達：

2a. Once upon a time, as a **walk** through the woods WAS TAKING place on the part of Little Red Riding Hood, the Wolf's **jump** out from behind a tree OCCURRED, causing her **fright**.

注意這些動詞有多模糊：was taking（發生），occurred（發生）。在比較清楚的（2b）句中，動詞指出了特定的動作：

✓ 2b. Once upon a time, Little Red Riding Hood **WAS WALKING** through the woods, when the Wolf **JUMPED** out from behind a tree and **FRIGHTENED** her.

> ✎ **寫作重點**
>
> 在用字冗長和不直接的（2a）句子裡，兩個主要的角色：
> 小紅帽和野狼，都不是主詞，而兩者的動作 —— walk
> （走）、jump（跳）、fright（驚嚇）—— 都不是動詞。在
> （2b）句中，這兩個角色是主詞，而他們的動作則是動
> 詞。這是我們認為（2b）句子比較好的原因。

童話故事與學術或專業寫作

　　童話故事看起來與學術或商業寫作距離很遠，但事實不
然，因為大部分的句子也都是關於角色做了哪些動作。比較以
下兩個句子：

3a. The Federalists' argument in regard to the destabilization
of government by popular democracy was based on their belief
in the tendency of factions to further their self-interest at the
expense of the common good.
（聯邦主義者關於大眾民主體制導致政府不安的論點，是
基於他們有黨派傾向為了拓展一己之利而犧牲公眾益處的
信念。）

✓ 3b. The Federalists argued that popular democracy destabilized government, because they believed that factions tended to further their self-interest at the expense of the common good. (聯邦主義者論到大眾民主體制導致政府不安，因為他們相信黨派傾向為了拓展一己之利而犧牲公眾的益處。)

我們可以用分析小紅帽的寫作方式來剖析這些句子。

（3a）句感覺較晦澀，有兩個原因。第一，此句的主角並非主詞。這句的簡單主詞（劃底線者）是argument（論點），但是主角（斜體字者）是Federalists（聯邦主義者）、popular democracy（大眾民主體制）、government（政府），以及factions（黨派）：

3a. *The Federalists'* <u>argument</u> in regard to the destabilization of *government* by *popular democracy* was based on *their* belief in the tendency of *factions* to further *their* self-interest at the expense of the common good.

第二，大部分的動作（粗體字者）都不是動詞（大寫者），而是抽象的名詞：

3a. The Federalists' **argument** in regard to the **destabilization** of government by popular democracy WAS BASED on their

belief in the **tendency** of factions to FURTHER their self-interest at the expense of the common good.

注意（3a）句中的主詞有多冗長而複雜，以及主要動詞 was based（基於）所表達的意義有多小：

整個主詞	動詞
The Federalists' argument in regard to the destabilization of government by popular democracy （聯邦主義者關於大眾民主體制導致政府不安的論點）	was based （基於）

讀者認為（3b）較為清楚有兩個原因：句子的主角（斜體字者）是主詞（劃底線者），以及其動作（粗體字者）是動詞（大寫者）：

3b. *The Federalists* **ARGUED** that *popular democracy* **DESTABILIZED** government, because *they* **BELIEVED** that *factions* **TENDED TO FURTHER** *their* self-interest at the expense of the common good.

同時請注意，所有這些主詞都是簡短、特定，且明確具體：

整個主詞／角色	動詞／動作
the Federalists（聯邦主義者）	argued（爭論）
popular democracy（大眾民主）	destabilized（不穩定）
they（他們）	believed（相信）
factions（黨派）	tended to further（企圖更進一步）

在這課剩餘的部分，我們會探討動作和動詞；在下一課，則討論主角和主詞。

動詞和動作

原則：**一個句子看起來很清晰，是因為重要動作都在動詞裡。**

看看句子（4a）和（4b）如何表達動作。在（4a）中，動作（粗體字者）並非動詞（大寫者），而是名詞：

4a. Our **lack** of data PREVENTED **evaluation** of UN **actions** in **targeting** funds to areas most in **need** of **assistance**.

（我們的資料缺乏阻礙了評估聯合國將資金鎖定於最需要援助地區的行動。）

然而，在（4b）句中，這些動作幾乎都是動詞：

✓ 4b. Because we **LACKED** data, we could not **EVALUATE** whether the UN **HAD TARGETED** funds to areas that most **NEEDED** assistance.

（由於我們缺乏資料，所以我們無法評估聯合國是否已將資金鎖定於最需要援助的地區。）

如果你用很多抽象名詞，特別是由動詞和形容詞變化而來的名詞，比如結尾是 -tion、-ment、-ence 等等，則讀者會認為你的寫作很晦澀，**特別是你又把這些抽象名詞當作動詞的主詞時**。

從動詞或形容詞變化而來的名詞有一個術語：名詞化（nominalization）。以下有幾個例子：

動詞	→	名詞化	形容詞	→	名詞化
discover	→	discovery（發現）	careless	→	carelessness（輕率）
resist	→	resistance（抵抗）	different	→	difference（不同）
react	→	reaction（反應）	proficient	→	proficiency（熟練）

我們也可以將動詞加上字尾 -ing 以名詞化（成為動名詞〔gerund〕）：

She flies → her flying   We sang   →   our singing
（她在飛）（她的飛行）   （我們歌唱）（我們的歌唱）

有些名詞化和動詞形式一樣：

hope → hope   result → result   repair → repair
　（希望）　　　　　（結果）　　　　　　（修理）

We **REQUEST** that you **REVIEW** the data.

（我們請求你重新檢視這份資料。）

Our **request** IS that you CONDUCT a **review** of the data.

（我們的要求是你對這份資料進行重審。）

附註：有些動作也會藏在形容詞中：It is applicable（可行的）
→ it applies。還有其他像是：indicative（暗示的）、dubious
（猶豫的）、argumentative（辯論的）、deserving（值得的）。

　　沒有比一大堆名詞化，特別是動詞做為主詞，更能呈現學
術和專業寫作的浮腫風格了。這類寫作讀起來既抽象、不直
接，又難以理解。

✎ 寫作重點

寫作重點：在中小學時，我們學會主詞就是主角（或「動作者」），動詞就是動作。通常是這樣沒錯：

主詞	動詞	受詞
We	discussed	the problem.
動作者	動作	

（我們討論了問題。）

但是對於這句幾乎同意義的句子卻並非如此：

主詞	動詞		動作者	動作
The problem	was	the topic	of our discussion.	

（這個問題是我們討論的主題。）

在一個句子裡，我們可以任意將主角和動作變換位子，主詞和動詞也不必非得是某個特定的東西。然而當你在大部分的句子裡都使主角當作主詞，使動作當成動詞時，讀者便容易認為你的文章是清晰、直接和可讀的。

診斷與修改：角色和動作

你可以使用「將動詞當成動作，主詞當成角色」的原則，來解釋為何你的讀者會那樣評斷你的文章。更重要的是，你可

以使用這些規則，來辨認和修改你認為清楚、但讀者可能不認為清晰的句子。修改的程序涵蓋三個步驟：診斷、分析、重寫。

1. 診斷

a. 忽略簡短（四或五個字）的介紹語彙，把每一個句子開頭前七、八個字劃底線。

The outsourcing of high-tech work to Asia by corporations means the loss of jobs for many American workers.
（企業將高科技工作發包給亞洲，意味許多美國勞工的工作機會受損。）

b. 然後尋找兩種結果：

- 你將抽象名詞劃底線，當作簡單主詞（粗體）。

The **outsourcing** of high-tech work to Asia by corporations means the loss of jobs for many American workers.

- 你將動詞之前的七、八個字劃底線。

The outsourcing of high-tech work to Asia by corporations （十個字）MEANS the loss of jobs for many American workers.

2. 分析

a. 決定你的主角是誰，特別是有血有肉、具體的角色（下一課會更深入討論）。

The outsourcing of high-tech work to Asia by *corporations* means the loss of jobs for *many American workers*.

b. 然後找出這些角色執行的動作，特別是由動詞演變而來的抽象名詞中的動作。

The **outsourcing** of high-tech work to Asia by corporations means the **loss** of jobs for many American workers.

3. 重寫

a. 如果動作是被名詞化的字，要將它轉換成動詞。

outsourcing → outsource （外包）	loss → lose （失去）

b. 使角色成為這些動詞的主詞。

corporations outsource （企業外包）	American workers lose （美國勞工失去）

c. 使用從屬連接詞（subordinating conjunction）。 例如：
because（因為）、if（如果）、when（當）、although（雖
然）、why（為何）、how（如何）、whether（是否）或是
that（而）。

✓ Many middle-class American workers are losing their jobs,
because corporations are outsourcing their high-tech work to
Asia.

（許多美國中產階級勞工正逐漸失去工作，因為企業將高
科技工作發包到亞洲。）

一些常見的類型

你可以很快發現、並加以修改的五種常見名詞化類型。

第一型：名詞化的對象是虛的動詞，例如：be、seems、has等

The **intention** of the committee IS to audit the record.

（委員會的用意是要稽核文件。）

a. 將名詞化的字改成動詞：

> intention　→　intend （意圖）

b. 找一個角色，當作這個動詞的主詞：

The intention of the *committee* is to audit the records.

c. 將角色變成動詞的主詞：

✓ The *committee* **INTENDS** to audit the records.

（委員會意圖稽核文件。）

第二型：名詞化的字接在一個虛的動詞之後

The *agency* CONDUCTED an **investigation** into the matter.

（代理人對這個事件進行一次調查。）

a. 將名詞化改成動詞：

investigation → investigate （調查）

b. 將虛動詞替換成新的動詞：

conducted → investigated
（進行）　　　（調查）

✓ The *agency* **INVESTIGATED** the matter.

（代理人調查了這個事件。）

第三型：第一個名詞化是虛動詞的主詞，之後又接了第二個名詞化

Our **loss** in sales WAS a result of their **expansion** of outlets.
（我們的業績損失是他們通路擴張的結果。）

a. 將名詞化修改為動詞：

> loss → lose   expansion → expand
> （損失）   （擴張）

b. 找出可以當作動詞主詞的角色：

Our **loss** in sales WAS a result of *their* **expansion** of outlets.

c. 將這些角色當作這些動詞的主詞：

> we lose   they expand
> （我們損失）   （他們擴張）

d. 用符合邏輯的連接詞連接新的子句：

- 表達簡單的原因：because（因為）、since（因為）、when（當）。
- 表達條件式的原因：if（如果）、provided that（假設）、so long as（只要）。

- 反對預期的原因：though（雖然）、although（雖然）、unless（除非）。

✓ We **LOST** sales because *they* **EXPANDED** *their* outlets.
（我們損失業績，因為他們擴張了通路。）

第四型：跟在 there is（有⋯）或 there are（有⋯）後面的名詞化

There is no **need** for *our* further **study** of this problem.
（我們對這個問題再進一步研究是沒有需要的。）

a. 將名詞化改成動詞：

need	→	need	study →	study
（需要）			（研究）	

b. 找出應該做為動詞主詞的角色：

There IS no **need** for *our* further **study** of this problem.

c. 將角色當作動詞的主詞：

no need	→ we need not	our study →	we study
（沒有需要）	（我們不必）	（我們的研究）	（我們研究）

✓ *We* **NEED** not **STUDY** this problem further.

（我們不必再進一步研究這個問題。）

第五型：連續兩個或三個名詞化，加上介系詞

We did a **review** of the **evolution** of the brain.

（我們對大腦的演化做了一次重新檢視。）

a. 將第一個名詞化轉成動詞：

> review → review （重新檢視）

b. 保留第二個名詞化，或在以 how 或 why 為開頭的子句中，將它轉變成動詞：

> evolution of the brain → how the brain evolved
> （大腦的演化） （大腦如何演化）

✓ First, *we* **REVIEWED** the **evolution** of the *brain*.

（首先，我們重新檢視大腦的演化。）

✓ First, *we* **REVIEWED** how *the brain* **EVOLVED**.

（首先，我們重新檢視大腦如何演化。）

改寫後，幾個令人樂見的後續結果

當你持續使用動詞表達關鍵的動作，你的讀者會獲益良多：

第一、你的句子更具體了。 比較以下：

There WAS an affirmative **decision** for **expansion**.

（對於擴張有了肯定的決定。）

✓ The *director* **DECIDED** to **EXPAND** the program.

（主任決定擴張這個計畫。）

第二、你的句子更精簡了。 當你使用名詞化時，必須使用 a 和 the 之類的冠詞，以及 of、by、in 之類的介系詞。但當你使用動詞和連接詞的時候，則不再需要冠詞和介系詞。

A **revision** *of* the program WILL RESULT *in* **increases** *in* our **efficiency** *in the* **servicing** *of* clients.

（對計畫的修改會導致我們在客戶服務上的效率增加。）

✓ If we **REVISE** the program, we **CAN SERVE** clients more **EFFICIENTLY**.

（如果我們修改計畫，就能更有效服務客戶。）

第三、你的句子邏輯會更清楚。 當你將動詞名詞化，

就必須用累贅的介系詞和片語如of、by、on the part of連接動作。但是當你使用動詞時，你可以利用從屬連接詞，像是because、although、if，來連接子句，會使邏輯更清晰。

> Our more effective presentation of our study resulted in our success, despite an earlier start by others.
>
> （我們的研究更有效果的簡報帶來了成功，雖然其他人開始得比較早。）

> ✓ **Although** others started earlier, we succeeded **because** we presented our study more effectively.
>
> （雖然其他人開始得比較早，但我們成功了，因為我們的研究簡報比較有效果。）

第四、你的句子述說的故事比較有連貫性。名詞化會讓你扭曲動作發生的順序。（以下數字所指的是事件發生的實際順序。）

> Decisions[4] in regard to administration[5] of medication despite inability[2] of an irrational patient appearing[1] in a trauma center to provide legal consent[3] rest with the attending physician alone.
>
> （對於出現在創傷中心的非理性病患雖無行為能力仍施用藥劑的合法同意決定純粹由在場醫師負責。）

當你將這些動作改成動詞，重新整理後，你的敘述就會更有連貫性：

✓ When a patient appears[1] in a trauma center and behaves[2] so irrationally that he cannot legally consent[3] to treatment, only the attending physician can decide[4] whether to medicate[5] them.
（當病患出現在創傷中心，行為失常而不能依法同意接受治療，只有在場的醫師可以決定是否施行醫療。）

合格檢驗：有效的名詞化

我如此不斷呼籲將名詞化轉換成動詞，你可能認為名詞化完全沒有必要了。但事實上，文章要寫得好卻不能沒有它。祕訣是，要知道哪些名詞化可以保留，哪些需要修改。以下這些情況就可以保留：

1. 當名詞化是簡單主詞，指向前一個句子的時候：

✓ **These arguments** all depend on a single unproven claim.
（這些論點全依據一個未經證實的說法。）

✓ **This decision** can lead to positive outcomes.
（這個決定可以導致正面的結果。）

這些名詞化以連貫的方式連接一個句子與下一個句子。在第四課中將會更深入討論。

2. 當簡短的名詞化可以取代累贅的The fact that時：

The fact that she **ADMITTED** her guilt impressed me.

（她承認罪過的事實令我很感動。）

✓ Her **admission** of her guilt impressed me.

（她承認她的罪過令我很感動。）

然而，為什麼不這麼寫：

✓ *She* **IMPRESSED** me when *she* **ADMITTED** her guilt.

（她令我很感動，當她承認她的罪過時。）

3. 當名詞化所指的是動詞的受詞時：

I accepted *what she* **REQUESTED** [that is, *She requested something*].

（我接受她所要求的。〔意思是，她要求了某樣東西。〕）

✓ I accepted her **request**.

（我接受她的要求。）

4. 當一個很熟悉的概念被名詞化,以至於你的讀者會認為指的是一個角色時(下一課會深入討論):

✓ Few problems have so divided us as **abortion** on **demand**.

(很少問題會像自願墮胎一樣讓我們意見如此分歧。)

✓ The Equal Rights **Amendment** was an issue in past **elections**.

(平權修正案是過去選舉的議題。)

✓ **Taxation** without **representation** did not spark the American **Revolution**.

(無代表課稅不是煽動美國革命的原因。)

你必須能明辨出,哪些名詞化是表達熟悉的概念,哪些則需要轉化為動詞:

There is a **demand** for a **repeal** of the car tax.

(目前有撤銷車稅的訴求。)

✓ We **DEMAND** that the government **REPEAL** the car tax.

(我們要求政府撤銷車稅。)

Lesson 3

角色

失去了角色，就失去了一切。

——佚名

了解角色的重要性

當讀者看到關鍵的動作是動詞時，就會認為句子很清楚直接。比較（1a）、（1b）兩句：

1a. The CIA feared the president would recommend to Congress that it reduce its budget.

（中情局憂慮總統會向國會建議縮減其預算。）

1b. The CIA had fears that the president would send a recommendation to Congress that it make a reduction in its budget.

（中情局憂慮總統會發建議給國會，要求它縮減預算。）

大多數讀者認為（1a）句比（1b）清楚，實則不然。現在比較（1b）、（1c）兩句：

1b. The CIA had fears that the president would send a recommendation to Congress that it make a reduction in its budget.

1c. The fear of the CIA was that a recommendation from the president to Congress would be for a reduction in its budget.

（中情局的擔憂是，總統向國會發出的建議函是關於縮減其預算。）

大多數讀者都會認為，（1c）句比（1a）或（1b）都更不清楚。

原因是：在（1a）和（1b）兩個句子中，重要的角色（斜體字者）是動詞（大寫者）的簡短而特定的主詞（劃底線者）：

1a. *The CIA* FEARED *the president* WOULD RECOMMEND to *Congress* that *it* REDUCE *its* budget.

1b. *The CIA* HAD fears that *the president* WOULD SEND a recommendation to *Congress* that *it* MAKE a reduction in *its* budget.

但是在（1c）句中，這兩個簡單的主詞（劃底線者）都不是具體的角色，而是抽象名詞（粗體字者）。

1c. The **fear** of *the CIA* WAS that a **recommendation** from the *president* to *Congress* WOULD BE for a **reduction** in *its* budget.

在（1a）和（1b）兩個句子中，不同的動詞表示了一些差異，但是（1c）句中的抽象主詞造成的差別更大。更糟的是，有時句子中完全沒有角色，如下所示：

1d. There WAS **fear** that there WOULD BE a **recommendation** for a budget **reduction**.
（擔憂會有關於縮減預算的建議。）

是誰在擔憂？是誰建議？句子前後文的脈絡若清晰可循，讀者會較容易猜對；但若前後關係過於模糊，則你會讓讀者冒很大的風險，猜錯文句的意思。

> ✎ **寫作重點**
>
> 在句中，讀者想要看到動詞裡包含動作，但是他們更想要看到主角就是主詞。當我們沒有具體的理由卻不讓主詞表示角色，或者更糟的是，將主詞完全刪除，這時就會造成讀者閱讀上的麻煩。用動詞表示動作非常重要，寫作清晰的首要原則就是：將你大部分動詞的主詞當作你敘事的主角。

診斷和修改：角色

要使角色成為主詞，你必須知道三件事：

1. 你的主詞何時不是角色。
2. 如果主詞不是角色，你應該從哪裡尋找角色。
3. 當你找到（或沒找到）的時候，應該做什麼。

舉個例子，以下句子感覺不直接而且無人稱：

Governmental intervention in fast-changing technologies has led to the distortion of market evolution and interference in new product development.
（政府對日新月異的科技的介入已導致市場進化的扭曲，以及對新產品發展的干預。）

我們可以這樣診斷句子：

1. 將最初第七、八個字劃底線：

<u>Governmental intervention in fast-changing technologies has led</u> to the distortion of market evolution and interference in new product development.

在最開頭這幾個字裡，讀者想要看到角色。不只是在整個動詞的主詞中，像是 governmental 中隱含的 government，而是當作簡單的主詞。在此例中，角色卻不是主詞。

2. 找到主角。可能是緊跟著名詞化的所有格代名詞（possessive pronoun）、介系詞受詞（特別是 by 或 of），或者只是暗示的詞。在這個句子中，有一個主角是在形容詞 governmental 中；另一個是 market，在介系詞的受詞中：of market revolution。

3. 略讀包含這些主角的動作的段落，特別是埋藏在名詞化中的動作。要問是*誰在做什麼動作？*

governmental **intervention**（政府干預）	→ ✓	*government* **intervenes**（政府干預）
distortion（扭曲）	→ ✓	*[government]* **distorts**（〔政府〕扭曲）

market **evolution**（市場進化）	→	✓	*markets* **evolve**（市場進化）
interference（干預）	→	✓	*[government]* **interferes**（〔政府〕干預）
development（發展）	→	✓	*[market]* **develops**（〔市場〕發展）

　　修改時，將這些新的主詞和動詞排列成新的句子，使用連接詞如：if、although、because、when、how，以及why：

✓ When a *government* **INTERVENES** in fast-changing technologies, *it* **DISTORTS** how *markets* **EVOLVE** and **INTERFERES** with *their* ability to **DEVELOP** new products.（當政府介入日新月異的科技，會扭曲市場進化及干預它們發展新產品的能力。）

　　要當心，就像動作可以當成形容詞（reliable〔可靠的〕→rely〔依靠〕）一樣，角色也可以：

Medieval *theological* debates often addressed issues considered trivial by modern *philosophical* thought.（中世紀神學辯論常會探討現代哲學思想中認為微不足道的問題。）

當你發現角色被隱含在形容詞中，請以同樣方式修改之。

✓ *Medieval theologians* often debated issues that *modern philosophers* consider trivial.

（中世紀的神學家經常辯論的問題，現代哲學家則認為微不足道。）

✎ **寫作重點**

診斷密集寫作風格的第一步，是檢視你的主詞。如果看不到主要的角色做為簡單主詞，你就要將它們找出來。可能是介系詞的受詞，在所有格代名詞中，或是在形容詞中。一旦你找到了，接著就找主詞所涉入的動作。在改寫時，使這些角色做為動詞的主詞，做這些動作。當你閱讀的時候，試著用這些角色和動作重述整個段落。

重新建構缺席的角色

沒有任何角色的句子是讀者最大的障礙：

A decision was made in favor of doing a study of the disagreements.

（決定做一個關於反對意見的研究。）

這個句子的意思可能是下列之一，或是其他：

We decided that I should study why they disagreed.
（我們決定我應該研究他們為何反對的原因。）

I decided that you should study why he disagreed.
（我決定你應該研究他為何反對的原因。）

寫作者或許知道誰做什麼動作，但是讀者可能不知道，所以通常需要幫助。

有時我們會省略角色，以發表一般性的聲明。

Research strategies that look for more than one variable are of more use in understanding factors in psychiatric disorder than strategies based on the assumption that the presence of psychopathology is dependent on a single gene or on strategies in which only one biological variable is studied.
（尋找一個以上變因的研究策略，相較於假設精神病症只根基於一個基因，或是只研究一個生物變因的策略而言，對於了解精神失常的因素較有效用。）

但是，當我們試圖將這段改寫成比較清晰的文字，就必須創造出角色，然後決定如何稱呼它們。應該用one還是we，或者應該稱一般性的「動作者」？

✓ If *one/we/you/researchers* are to understand what causes psychiatric disorder, *one/we/you/they* should use research strategies that look for more than one variable rather than assume that a single gene is responsible for psychopathology or adopt a strategy in which *one/we/you/they* study only one biological variable.

（如果人／我們／你們／研究者要了解是什麼造成精神失常，人／我們／你們／研究者就應該使用尋找一個以上變因的研究策略，而非假設單一基因就決定了精神病症，或是採取人／我們／你們／研究者只研究一個生物變因的策略。）

對於大多數人來說，「人」（one）感覺較僵硬，但是「我們」（we）也許稍嫌含糊，因為可能指作者本身，以及作者和其他人而非讀者，或是讀者和作者但非其他人，或是指任何人。而如果你不直接指明讀者，用「你們」（you）通常並不恰當。

但是如果你能避免名詞化和模糊不清的代名詞，就可以順利進入被動式動詞：

To understand what makes patients vulnerable to psychiatric disorders, strategies that look for more than one variable **SHOULD BE USED** rather than strategies in which it **IS**

ASSUMED that a gene causes psychopathology or only one
biological variable IS STUDIED.

（為了了解病人易患精神失常的原因，應該使用尋找一個
以上變因的策略，而非〔被〕認為單一基因可造成精神病
症的策略，或是只研究一個生理變因的策略。）*

　　對於再次介紹消失了的角色，判斷很重要。但一般而言，
只要找出句子最確定的主角即可。

以抽象字詞為角色

　　到目前為止，我所討論的角色都是有血有肉的人物，但是
你也可能寫出主角為抽象詞語的句子，包括名詞化詞語，只要
將它當成動詞的主詞，並陳述與之相關的動作。我們也許可以
用一種不同的角色來解決前一個例子的問題，也就是study這
個抽象詞語：

✓ To understand what causes psychiatric disorder, *studies* should
look for more than one variable rather than adopt a strategy in
which *they* test only one biological variable or assume that a
single gene is responsible for a psychopathology.

---

* 譯註：由於中文語法中較少使用被動式語態，因此翻譯仍採中文慣用的主動
式語法，以保持文意通順。

（為了了解造成精神失常的原因，研究應該找一個以上的變因而非採用〔研究〕只測驗一個生理變因的策略，或是認為單一基因可以解釋精神疾病。）

Studies（研究）這個詞指出一個虛擬的角色，因為我們對它非常熟悉，而且它也是一連串動作的主詞：understand（了解）、should look（應該找）、adopt（採用）、test（測驗），以及 assume（認為）。

但是當你以抽象詞語當作角色時，可能會有一個問題。使用 studies（研究）這麼常見的抽象詞語寫作，不會造成讀者的困擾。但如果是一個大家不太熟悉的抽象主角，旁邊再夾雜一堆其他的抽象語詞，讀者可能會覺得你的寫作很晦澀難懂。

舉例來說，我們很少人熟悉 prospective（預期中的）和 immediate intention（直接意圖）這兩個詞語，所以大部分人對於寫作這樣的內容可能望而怯步，尤其是還須合併其他抽象詞語的時候（動作以粗體字表示；人物角色以斜體字表示）：

The **argument** is this. The cognitive component of **intention** exhibits a high degree of **complexity**. **Intention** is temporally **divisible** into two: prospective **intention** and immediate **intention**. The cognitive function of prospective **intention** is the **representation** of a *subject's* similar past **actions**, *his* current situation, and *his* course of future **actions**. That is, the cognitive component of prospective **intention** is a **plan**. The cognitive function of immediate **intention** is the **monitoring** and **guidance** of ongoing bodily **movement**.

（這個論點是，意圖的認知成分顯示高度的複雜性。意圖暫時可區分成兩種：預期意圖和直接意圖。預期意圖的認知功能是重現主體過去的類似行為、他現在的情況，以及他未來行動的軌道。也就是說，預期意圖的認知成分是一個計畫。直接意圖的認知功能是監視和引導進行中的身體動作。）

——邁爾斯‧布蘭德（Myles Brand）《意圖和行為：邁向自然化行動理論》
（*Intending and Acting: Toward a Naturalized Action Theory*）

如果採用血肉之軀的角色觀點，我們可以把上述段落表達得更清楚（角色為斜體字者；動作為粗體字者；動詞為大寫者）：

✓ *I* **ARGUE** this about **intention**. **It** HAS a complex cognitive component of two temporal kinds: prospective and immediate. *We* **USE** prospective **intention** to **REPRESENT** how *we* HAVE **ACTED** in our past and present and how *we* WILL **ACT** in the future. That is, *we* **USE** the cognitive component of prospective **intention** to **HELP** *us* **PLAN**. *We* **USE** immediate **intention** to **MONITOR** and **GUIDE** *our* bodies as *we* **MOVE** them.

（我關於意圖的論點如下。它具有兩種暫時性的複雜認知成分：預期的和直接的。我們使用預期的意圖代表過去和現在我們如何行動，以及未來我們將如何行動。也就是說，我們使用預期意圖的認知成分幫助我們做計畫。我們使用直接意圖以監控和引導我們在做動作時的身體。）

但是，我是否讓這個段落陳述出作者並沒有傳達的意思？有些人認為，任何在形式上的改變都會改變意義。這樣的話，作者可能提出一個意見，但只有讀者可以決定這兩個段落是否意義不同。

✎ 寫作重點

大部分讀者都希望，文章中的主詞指的是有血有肉的主角，但是你經常會需要寫到抽象名詞。在這些情況下，你就要藉由使抽象詞語擔任做動作的主詞，述説故事，以將它轉變成虛擬的角色。如果讀者很熟悉你所使用的抽象名詞，那就沒問題。不過如果讀者並不熟悉，你就要避免同時使用太多其他的抽象名詞化。如果隱藏的主角是「一般人」，試著用we或是某個普遍性的詞語來表達做動作的人，例如：researchers（研究者）、social critics（社會評論家）、one（有人）等等。但是英文不像很多其他的語言，沒有簡單的名稱可以指稱一般性的「動作者」。

角色和被動式動詞

在所有寫作建議中，你可能最記得「用主動語態寫作，不要用被動語態」。這個建議是不錯，但是也有例外。

當你使用主動語態寫作時，你通常會把

- 動作的執行者或來源置於主詞。
- 動作的目標或接受者置於直接的受詞：

	主詞	動詞	受詞
主動語態：	I（我）	lost（丟了）	the money.（錢）
	角色／執行者	動作	目標

被動語態則有三個不同點：

1. 主詞表示動作的目標。
2. 動詞為過去分詞，之前必須有be動詞形式。
3. 動作的執行者或來源以by的片語表示，或完全省略：

	主詞	be＋動詞	受詞
被動語態：	The money（錢）	was lost（被弄丟了）	[by me].（被我）
	目標	動作	角色／執行者

然而，active（主動）和passive（被動）這兩個詞是模稜兩可的，因為它指的可能不只是兩種文法結構，也包括這些句子給你的**感受**。如果一個句子感覺很平板，我們會說它被動，不管它的動詞在文法上是否為被動語態。

舉個例子，比較以下這兩個句子：

We can manage problems if we control costs.

（我們可以處理問題，如果我們控制成本的話。）

Problem management requires cost control.

（問題的處理需要成本控制。）

在文法上，兩個句子都是主動語態，但是第二個句子感覺被動，因為以下三個原因：

- 句子中的動作—— management（處理）和control（控制）——都不是動詞；兩者都是名詞化。
- 主詞problem management（問題的處理），是抽象名詞。
- 這個句子缺少有血有肉的角色。

為了了解我們為何對上述兩句有不同的反應，必須區分active和passive這兩個字在技術和文法涵義上，與其譬喻、印象上的意義有何差異。接下來我會討論文法上的被動語式。

在主動和被動之間作選擇

　　有些寫作風格的評論者會告訴我們，要盡量避開被動語態，因為會增加字數，同時也通常會將執行者（亦即「動作者」）刪除。但是被動語態常常是較佳的選擇。要決定選擇主動或被動語態，你必須回答以下三個問題：

1. 你的讀者一定要知道誰是動作者嗎？

　　通常我們不會說是誰做動作，因為我們不知道，或者讀者根本不在乎。舉例來說，以下句子我們會自然選擇被動語態：

✓ The president **WAS RUMORED** to have considered resigning.
（謠傳總統正在考慮辭職。）

✓ Those who **ARE FOUND** guilty can **BE FINED**.
（被發現有罪的人會被罰款。）

✓ Valuable records should always **BE KEPT** in a safe.
（重要的紀錄應該一直被保存在保險箱。）

　　如果我們不知道是誰造謠，當然就不能說。也沒有人懷疑是誰找出有罪的人，或是誰應該保障紀錄的安全，所以我們不必說出來。因此，這些被動式是正確的選擇。

　　有時候，作者會因為不想讓讀者知道動作者是誰，而以被動式語態寫作，特別當動作者是寫作者本人時。舉例而言，

Since the test was not completed, the flaw was uncorrected.

（因為測試沒有完成，所以缺點並沒有被修正。）

我在第十一課會討論刻意非人化（impersonality）的原則。

2. 主動或被動語態能幫助讀者平順地從一個句子讀到下一個句子嗎？

我們需要從句子的開頭獲得所知的大概，然後再繼續往下讀新的內容。一個句子會讓我們困惑，是因為一開頭的資訊令人意外。舉個例子，在下一段中，第二句的主詞提供了新的複雜訊息（粗體字者），然後才提及前一個句子獨到的熟悉資訊（斜體字者）：

We must decide whether to improve education in the sciences alone or to raise the level of education across the whole curriculum. **The weight given to industrial competitiveness as opposed to the value we attach to the liberal arts**$_{\text{new information}}$ will determine$_{\text{active verb}}$ *our decision*$_{\text{familiar information}}$.

（我們必須決定是否只提升科學教育或是要提升整個課程的水準。產業競爭性的比重相對於我們賦予人文學科的價值$_{新資訊}$，將決定$_{主動式動詞}$我們的抉擇$_{熟悉資訊}$。）

在第二個句子中，動詞determine（決定）是主動語態。但是如果此句使用被動式，將更容易閱讀，因為被動語態會先提

出簡短、熟悉的資訊（our decision〔我們的決定〕），最後再
談到較新、較複雜的訊息。我們比較建議的順序如下：

✓ We must decide whether to improve education in the
sciences alone or raise the level of education across the
whole curriculum. *Our decision*familiar information WILL BE
DETERMINEDpassive verb **by the weight we give to industrial**
competitiveness as opposed to the value we attach to the
liberal artsnew information·

（我們必須決定是否只提升科學教育或是要提升整個課程
的水準。我們的抉擇熟悉資訊將根據產業競爭性的比重相對
於我們賦予人文學科的價值新資訊而決定被動式動詞。）

（我在下一課會更進一步討論如何置放新舊訊息。）

3. 主動或被動語態能帶給讀者更具連貫性及更適合的觀點嗎？

寫作下列段落的作者從同盟國的角度報導二次大戰後的歐
洲。為了做到這點，她使用主動式動詞，讓同盟國成為一系列
連貫的主詞：

✓ By early 1945, *the Allies* HAD essentially DEFEATED active
Germany; all that remained was a bloody climax. *American,*
French, British, and Russian forces HAD BREACHED active

its borders and WERE BOMBING _{active} it around the clock. But *they* HAD not yet so DEVASTATED _{active} Germany as to destroy its ability to resist.

（到一九四五年初，同盟國基本上已經打敗_{主動}德國了；剩下的只是一場血淋淋的高潮。美國、法國、英國，以及俄國軍隊已入侵_{主動}德國邊界，且無時無刻不對其轟炸_{主動}。然而，他們卻未能完全摧毀_{主動}德國反抗的能力。）

寫作者若要從德國的角度切入，便需要使用被動式動詞，使德國成為主詞／主角。

✓ By early 1945, *Germany* HAD essentially BEEN DEFEATED _{passive}; all that remained was a bloody climax. *Its borders* HAD BEEN BREACHED _{passive}, and *it* WAS BEING BOMBED _{passive} around the clock. *It* HAD not BEEN so DEVASTATED _{passive}, however, that *it* could not RESIST.

（到一九四五年年初，德國基本上已經被打敗_{被動}了；剩下的只是一場血淋淋的高潮。它的邊界已經被入侵_{被動}，它無時無刻不被轟炸_{被動}。然而，它還沒有如此殘敗_{被動}，以至於無力抵抗。）

有些作者沒有特別理由，會從一個角色轉換到另一個角色：

By early 1945, *the Allies* had essentially defeated Germany. *Its borders* had been breached, and *they* were bombing it around the clock. *Germany* was not so devastated, however, that *the Allies* would meet with no resistance. Though *Germany's population* was demoralized, *the Allies* still attacked their cities from the air.

（到一九四五年初，同盟國基本上已經打敗德國了。它的邊界已經被入侵，而且他們無時無刻不轟炸德國。然而，德國尚未如此殘敗，以至於同盟國可以不受到任何抵抗。雖然德國人士氣低落，但是同盟國還是從空中襲擊他們的城市。）

請挑選一個觀點，然後全文堅持到底。

✎ **寫作重點**

很多寫作者太常使用被動語態，但是在下列情境下，被動式卻很有用：

- 你不知道動作者是誰，讀者並不在乎，或者你不希望讓讀者知道。
- 你想要把一長串資訊放在句子後面，尤其是當這麼做時，你可以將一部分較簡短、熟悉的訊息移到句子開頭。
- 你想要讀者注意某個特別的角色。

「客觀的」被動式 vs. 我／我們

有些學術作者主張，不能使用第一人稱主詞寫作，因為必須創造一個客觀的觀點，如下所示：

Based on the writers' verbal intelligence, prior knowledge, and essay scores, their essays **were analyzed** for structure and evaluated for richness of concepts. The subjects **were** then **divided** into a high- or low-ability group. Half of each group **was** randomly **assigned** to a treatment group or to a placebo group.

（基於作者的語文智慧、先見知識，以及作文成績，他們的文章被分析結構與衡量概念的深度。然後個體被分成高和低能力群組，每一組當中有一半會被隨機指派到治療組，或是安慰組。）

與上述論點相反，學術和科學寫作者經常使用主動語態和第一人稱的I（我）和We（我們）。以下文章段落出自知名期刊：

✓ This paper is concerned with two related problems. Briefly: how can **we** best handle, in a transformational grammar, (i) Restrictions on..., To illustrate, **we** may cite..., **we** shall show...

（這篇報告關於兩個相關的問題。簡而言之：我們如何在轉形的文法中最恰當地處理 (i) 在……上的限制，為了說明，我們可以引用……，我們應該展示……）

—— P. H. 馬修（P. H. Matthews）
「轉形文法中的選擇問題」《語言學期刊》
（"Problems of Selection in Transformational Grammar," *Journal of Linguistics*）

✓ Since the pituitary-adrenal axis is activated during the acute phase response, **we** have investigated the potential role..., Specifically, **we** have studied the effects of interleukin-1...

（自從腦垂體—腎上腺軸在急性階段反應中被啟動，我們已經調查了潛在的角色……，特別是，我們已經研究了白細胞介素-1 的效用……）

—— M. R. N. J. 摩洛斯基等著（M.R.N.J. Woloski, et al.）
「單核因子的促腎上腺皮質激素釋放活動」《科學》期刊
（"Corticotropin-Releasing Activity of Monokines," *Science*）

　　以下提供幾個從《科學》（*Science*）這本聲譽卓著的期刊上摘錄的句子，連續多句的開頭幾個字是這樣的：

✓ **We** examine..., **We** compare..., **We** have used..., Each has been weighted..., **We** merely take..., They are subject..., **We** use..., Efron and Morris describe..., **We** observed..., **We** might find...

（我們檢驗……，我們比較……，我們使用……，每一項都衡量過了……，我們只用……，它們是主體……，

我們使用……，埃弗隆和莫理斯敘述……，我們觀察到……，我們可能會發現……）

　　——約翰‧吉爾伯，巴克漢‧麥可皮克，福列得理克‧莫斯泰勒
（John P. Gilbert, Bucknam McPeek, and Frederick Mosteller）
「外科手術及麻醉的統計和倫理」，《科學》
（"Statistics and Ethics in Surgery and Anesthesia," *Science*）

　　由此可見，「學術作者總會避免使用第一人稱寫作」的這個說法，並不真確。

被動式、角色，以及後設論述

　　然而，當學術作者使用第一人稱時，通常會用一種特別的方式表達。看看上一段裡的動詞，它們可以分成兩類：

- 有些動詞指出與研究相關的活動：examine（檢視）、measure（評量）、observe（觀察）、record（紀錄）、use（使用）等。這些動詞通常以被動語態表示：The subjects were observed...（主體被觀察到……）。

- 其他動詞指的不是主題或研究，而是指作者本人的寫作和思考：cite（指出）、show（展示）、inquire（詢問）。這些動詞通常為主動，因此以第一人稱表示：We will show...（我們會展示……）。這些就是所謂後設論述（metadiscourse）的例子。

　　後設論述是一種語言，它所指向的並非你概念的內容，而是你自己、你的讀者，或是你的寫作：

- 你對寫作的思考和行為：我們將explain（解釋）、show（展示）、argue（提出論點）、claim（主張）、deny（否定）、suggest（建議）、contrast（對比）、add（補充）、expand（擴充）、summarize（總結）……。
- 你的讀者的行動：consider now（現在考慮）、as you recall（當你回想）、look at the next example（看下一個例子）……。
- 你所寫作的內容之邏輯和形式：first（首先）、second（其次）、to begin（一開始）、therefore（因此）、however（然而）、consequently（結果）……。

　　後設論述最常出現在引言中，作者在此公開他們寫作的意圖：I claim that...（我主張），I will show...（我會展示），We begin by...（我們以……開始）。到最後他們總結時也會再次說：I have argued...（我已經討論過……），I have shown...（我已經展現……）。區別這些動作的關鍵在於，只有作者可以這樣表示。

　　就另一方面來說，學術作者通常不會用第一人稱，指涉他們在研究中的某部分進行的特定動作，這些動作任何人都可

以做，例如：measure（測量）、record（記錄）、examine（檢驗）、observe（觀察）、use（使用）。這些動作通常採用被動語態：The subjects were observed...（主體被觀察到⋯⋯）。

我們很少會看到這樣的段落：

To determine if monokines elicited an adrenal steroidogenic response, **I** ADDED preparations of...

（為了決定單核因子是否會產生腎上腺的類固醇生成反應，我補充準備了⋯⋯），

大多數作者會用一個被動式動詞were added（被補充），來指出任何人都能做的一個動作，不只是作者本人：

To determine if monokines elicited a response, **preparations of** ... WERE ADDED.

（為了決定單核因子是否會產生反應，於是補充了⋯⋯的準備。）

但是，像這類被動語句可能造成一個問題：作者會懸盪一個修飾詞（modifier）。當開頭的片語有一個隱藏的主詞，是和接下來或前一個子句中明顯的主詞不同時，你會使用修飾詞。在那個狀況下，做為不定詞動詞（infinitive verb）determine（決定）的隱藏主詞為I或We：I determine 或是 we determine。

[So that **I** could] determine if monokines elicited a response, preparations WERE ADDED.

（〔我為了〕決定單核因子是否可以產生反應，於是補充了準備。）

　　但是那個隱藏的主詞 I，不同於它所介紹的子句中的明顯主詞——**preparations** were added（補充了準備）。當兩個主詞不同時，就會產生懸盪修飾語。但是科學散文的寫作者經常使用這種寫法，以至於在圈內已經變成標準用法。

　　我可以說，這種非人化的「科學」寫作風格是現代的產物。在以薩‧牛頓（Isaac Newton）爵士的「光與顏色的新理論」（New Theory of Light and Colors，1672 年）中，他寫了這段迷人的第一人稱實驗敘述：

I procured a triangular glass prism, to try therewith the celebrated phenomena of colours. And for that purpose having darkened my chamber, and made a small hole in my window shuts, to let in a convenient quantity of the sun's light, I placed my prism at his entrance, that it might be thereby refracted to the opposite wall. It was at first a very pleasing diversion to view the vivid and intense colours produced thereby.

（我買了一個三稜鏡，為了實驗著名的色彩現象。為此一目的，我把房間燈關暗，在我的窗戶上弄了一個小孔，讓

足夠的陽光方便進來。我把稜鏡放在入口，讓它因此可以折射到對面的牆上。一開始看著如此產生的活潑強烈色彩，真是一種非常怡人的消遣。）

✎ **寫作重點**

有些作者和編輯會不斷使用被動式、以避免寫作第一人稱，但是省略一個I或We不會讓一個研究者的思想變得更客觀。我們知道，在這些非人化的句子後面，都仍是血肉之軀在做、在思考和寫作。事實上，第一人稱的I和We在學術散文裡非常普遍，主要是與指涉專屬寫作者行為的動詞一併出現。

名詞＋名詞＋名詞

還有一項風格的選擇，並不與角色和動作有直接的關係，不過我在這裡討論，是因為它可能影響讀者對於表達概念的形式，與寫作的文法之間所預期的配合度。

Early *childhood thought disorder misdiagnosis* often results from unfamiliarity with recent *research literature* describing such conditions. This paper is a review of seven recent studies in which are findings of particular relevance to *pre-adolescent*

hyperactivity diagnosis and to *treatment modalities* involving
medication maintenance level evaluation procedures.

（孩童早期思考紊亂的誤診通常來自對該症狀新近研究文
獻不熟悉所致。這篇報告回顧了七個最近的研究，其中特
別有關於前青春期過動診斷的發現，以及與藥物治療維持
度的衡量程序相關的治療模式。）

可以使用一個名詞修飾另一個名詞，就像stone wall（石
牆）、student center（學生中心）、space shuttle（太空梭）這類
片語，以及許多其他常見詞語。

但是一大串名詞容易顯得累贅，所以要盡量避免，特別是
自己發明的名詞。要修改自己發明的複合名詞，尤其是當它們
包括名詞化時。只要改變字的順序，找到適合的介系詞加以連
接即可：

1	2	3	4	5
early	childhood	thought	disorder	misdiagnosis
misdiagnosis	disordered	thought	in early	childhood
5	4	3	1	2

重新組合後，句子會像這樣：

Physicians misdiagnose[5] disordered[4] thought[3] in young[1] children[2]
because they are unfamiliar with recent literature on the subject.

（醫生誤診幼童的思考脫序狀況，因為他們不熟悉關於此主題的新近文獻。）

但是，如果一長串複合名詞中包含你專業領域中的術語，就保留那部分的複合名詞，將其餘的改寫。

Physicians misdiagnose[5] **thought disorders**[3,4] in young[1] children[2] because they are unfamiliar with recent literature on the subject.

（醫生誤診幼童為思考紊亂，因為他們不熟悉關於此主題的新近文獻。）

這個例子當中有一個功課。每一群專業人士（銀行家、工程師、文學批評家——不論哪一行）都期待他們的同行能藉由採用該行特有的語言，以展現對於此領域價值觀的接受度。但是太常發生的情況是，滿有靈感的專業人士想要擠進行家之列，於是使用最複雜的技術語彙寫作。當他們這麼做時，就等於採用一種排他的形式，侵蝕了文明社會所賴以建立的信任，特別像是在我們的世界中，資訊和專業知識就是權力與控制的工具。確實，有些研究絕對不可能對外行人表達得清楚——但是卻也沒有很多研究者認為的那麼多。

Lesson 4

整體性和連貫性

如果作者想要告知，就要規律地從已知的事情進入未知的事情，明確而不含混地，從愈淺顯的位置著手愈好。一般作者常犯的錯誤是，給讀者太多知識：他們從本該為中間的部分開始，往後往前跳躍，除了原本就十分熟悉該主題的人以外，任何人都不可能了解他們的作品，這樣的作品沒有適合閱讀的場合。

——班傑明・富蘭克林（Benjamin Franklin）

了解關聯性

到目前為止，我已經討論過清晰的原則，好像只要把角色和動作定位成主詞和動詞就可以達到。但是讀者除了清晰的句子之外還要求更多，才能認為一個段落很「像樣」。舉個例

子，以下兩個段落內容差不多，感覺卻很不同：

1a. The basis of our American democracy—equal opportunity for all—is being threatened by college costs that have been rising fast for the last several years. Increases in family income have been significantly outpaced by increases in tuition at our colleges and universities during that period. Only the children of the wealthiest families in our society will be able to afford a college education if this trend continues. Knowledge and intellectual skills, in addition to wealth, will divide us as a people, when that happens. Equal opportunity and the egalitarian basis of our democratic society could be eroded by such a divide.

（我們美國民主社會的基礎——人人機會平等——正受到過去數年快速調漲的大學學費的威脅。在過去期間，家庭收入的成長被大學院校的學費調漲大幅超越。如果這個趨勢持續下去的話，社會上只有來自最富裕家庭的小孩能夠負擔大學教育。當那樣的情況發生後，知識和智能技術，加上財富，將會分化我們國人。機會平等和我們民主社會的平等主義基礎可能會被這樣的分化所侵蝕。）

✓ 1b. In the last several years, college costs have been rising so fast that they are now threatening the basis of our American democracy—equal opportunity for all. During that period, tuition has significantly outpaced increases in family income. If this trend continues, a college education will soon be affordable only by the children of the wealthiest families in our society. When that happens, we will be divided as a people not only by wealth, but by knowledge and intellectual skills. Such a divide will erode equal opportunity and the egalitarian basis of our democratic society.

（在過去幾年中，大學學費調漲速度之快，如今已經威脅到我們美國民主社會的基礎——人人機會平等。在那段期間，學費大幅超越家庭收入的成長。如果這種趨勢繼續下去的話，大學教育很快就會變成只有社會上最富裕家庭的子女才能負擔得起。當那個情況發生，我們國人將會被分化，不只是被財富分化，也被知識和智識技術分化。這樣的分化會侵蝕機會平等和做為我們民主社會基礎的平等主義。）

第一段文字看來比較參差不齊，甚至雜亂無章，第二段則看來較為工整。

但是就像清晰（clarity）這個字，起伏不定（choppy）和雜亂無章（disorganized）指的不是頁面上的字，而是它們予人的感受。到底（1a）段落中對文字的安排（arrangement）為什麼讓

我們覺得好像走走停停，很顛簸呢？為什麼（1b）的行文好像
就更順暢呢？我們判斷的基礎，乃是根據用字順序的兩種層面：

- 我們認為一個句子的排列具有整體性，是基於每個句子
  如何結束，以及下一句如何開始而判斷。
- 我們認為一整個段落具有連貫性，是基於段落中所有句
  子是否都以累積性的方式開始。（此處探討的是段落連
  貫性；在第七課，我會討論整份文件的連貫性。）

整體性

行文感

在第三課中，我們用了一些篇幅討論大家很熟悉的建議：
避免用被動式。如果我們照樣做，就會選擇（2a）句中的主動
式動詞，而非（2b）句中的被動式動詞：

2a. The collapse of a dead star into a point perhaps no larger
than a marble **CREATES**$_{active}$ a black hole.

（死去的星球殞落進入一個彈珠大小的洞，創造$_{主動}$出黑
洞。）

2b. A black hole **IS CREATED**$_{passive}$ by the collapse of a dead
star into a point perhaps no larger than a marble.

（黑洞之所以被創造_{被動}，乃是藉由死去星球的殞落進入一個彈珠大小的洞。）

但是如果把這些句子放進以下段落中，我們可能會做不同的選擇：

[1]Some astonishing questions about the nature of the universe have been raised by scientists studying black holes in space. [2a] **The collapse of a dead star into a point perhaps no larger than a marble creates a black hole.** [3]So much matter compressed into so little volume changes the fabric of space around it in puzzling ways.

（[1]研究太空黑洞的科學家提出一些關於宇宙本質的驚人問題。[2a]死去的星球殞落進入一個彈珠大小的洞，創造出黑洞。[3]這麼多的物質壓縮進如此小的體積，以令人困惑的方式改變了周圍太空的質地。）

[1]Some astonishing questions about the nature of the universe have been raised by scientists studying black holes in space. [2b] **A black hole is created by the collapse of a dead star into a point perhaps no larger than a marble.** [3]So much matter compressed into so little volume changes the fabric of space around it in puzzling ways.

（[1]研究太空黑洞的科學家提出一些關於宇宙本質的驚人問

題。[2b]黑洞之所以被創造，乃是藉由死去的星球殞落進入彈珠大小的洞。[3]這麼多的物質壓縮進如此小的體積，以令人困惑的方式改變了周圍太空的質地。）

從上下文來看，我們對於「行文」的感覺不會選擇使用主動式動詞的（2a），而會選擇使用被動式動詞的（2b）。

原因很清楚：第一個句子最後四個字介紹了一個重要的角色——太空黑洞（black holes in space）。但是在（2a）句中，我們緊接讀到的下一個概念就是「殞落的星球和彈珠」（collapsed stars and marbles），這些訊息就像是天外飛來一筆：

[1]Some astonishing questions about the nature of the universe have been raised by scientists studying **black holes in space.** [2a]**The collapse of a dead star into a point perhaps no larger than a marble** creates...

但是如果我們在（1）句子後接的是被動語態的（2b），就能讓這些句子連結得更順暢。因為現在（2b）句中的頭幾個字，重覆了（1）句結尾：

[1]... studying **black holes in space.** [2b]**A black hole** is created by the collapse of a dead star...

（……研究太空中的黑洞。黑洞是被死去星球的殞落創造出來的……）

同時注意，使用被動式讓我們把能與句子（3）開頭連結的字詞置放在（2b）句尾：

[1]... black holes in space. [2b]A black hole is created by the collapse of a dead star into **a point perhaps no larger than a marble.** [3]**So much matter compressed into so little volume** changes the fabric of space around it in puzzling ways.

（……太空黑洞。黑洞之所以被創造，乃是藉由死去的星球殞落進入彈珠大小的洞。這麼多的物質壓縮進如此小的體積，以令人困惑的方式改變了周圍太空的質地。）

✎ **寫作重點**

當前一句句末帶出的訊息也出現在這一句的頭幾個字時，便能讓讀者感受到行文的流暢度。事實上，這就是在語文中使用被動語態的最大原因：它讓我們能夠組織句子，使一個文句很順暢地過渡到下一個文句。

診斷和修改：先舊後新

在句子之間，讀者希望先看到舊的、熟悉的訊息，接著再讀到新的、不熟悉的資訊，因此：

1. **以讀者熟悉的資訊開始一個句子。** 讀者可從以下兩種來源得知熟悉的資訊。首先，他們記得剛才讀過的句中文字。那

是為何在關於黑洞的例句中，（2b）句的開頭能夠連接到（1）句的結尾，還有為何（3）句的開頭可以與（2b）句的結尾連結的原因。再者，讀者會將關於句子內容的一般知識帶進這個句子。比方說，如果這個段落當中出現類似句子（4）這樣的開頭，我們不會感到太訝異：

... changes the fabric of space around it in puzzling ways. [4]**Astronomers have reported** that...

（……以令人困惑的方式改變了周圍太空的質地。天文學家報導……）

天文學家（Astronomers）這個字雖未在前一個句子出現，但是由於我們在閱讀關於太空的文字，因此提到他們並不會太意外。

2. **用讀者無法預測的訊息結束句子。**讀者永遠喜歡在熟悉和簡單的內容之後，讀到新而複雜的資訊。

當你遵循這個原則時，就會更容易發覺，其他人的寫作並未符合先舊後新的原則。因為當你努力發展自己的概念一陣子之後，所有的想法看起來都很熟悉（對你而言）。但是雖然要在你的寫作裡區分新舊訊息很困難，你也必須嘗試，因為讀者希望一開始讀到的句子內容是他們熟悉的，然後才會接著讀新的資訊。

✎ 寫作重點

到目前為止，我們已經點出三項清晰度的主要原則，其中
兩項是關於句子：

- 讓主角成為句子的主詞。
- 把重要的動作當成動詞。

第三項也是關於句子，但是它也說明句子之間如何搭配才
順暢：

- 將舊的資訊置於新資訊之前。

這些原則通常相輔相成。但是如果你必須做選擇，第三項
應該優先。你如何組織新舊資訊，會決定讀者對於你行文
整體感的高低。對於讀者而言，一個段落的整體性，遠比
每一個句子的清晰度來得重要。

連貫性

完整感

當你創造具整體感的行文時，你就踏上了幫助讀者感受到
你的文章是前後連貫的第一步。但是，讀者在評斷一位寫作者
是否夠格的條件是，文章不僅要具有整體性，且還要有**連貫**

性，這個特質是與整體性完全不同的。整體性（cohesion）和連貫性（coherence）這兩個字很容易混淆，因為聽起來很相近。

- 把整體性想成一對對的句子像拼圖一樣彼此搭配（例如上述關於黑洞的句子）。
- 把連貫性想成看見一篇文章中所有句子堆疊呈現出來的樣子，就像每一小塊拼圖最後拼成的圖片。

下一個段落的行文有很好的整體感，因為我們讓一個句子連接到下一句時完全沒有障礙：

Sayner, Wisconsin, is the snowmobile capital of the world. The buzzing of snowmobile engines fills the air, and their tanklike tracks crisscross the snow. The snow reminds me of Mom's mashed potatoes, covered with furrows I would draw with my fork. Her mashed potatoes usually make me sick—that's why I play with them. I like to make a hole in the middle of the potatoes and fill it with melted butter. This behavior has been the subject of long chats between me and my analyst.

（威斯康森州賽拿市是世界雪車之都。雪車引擎的鳴聲填滿空中，坦克車似的軌跡交錯在雪地上。雪讓我想到媽媽做的馬鈴薯泥，上面滿是我用叉子拉出來的犁溝。她的馬

鈴薯泥通常讓我反胃——那是我會玩這食物的原因。我喜歡在馬鈴薯中間挖一個洞，把融化的奶油填進去。這個行為是我和心理師之間談了很久的主題。）

雖然上述每個句子都很有整體感，但是整個段落並沒有連貫性。這段文字不連貫的原因有三個：

1. 這些句子的主詞完全不相關。
2. 這些句子並沒有共同的「主題」或概念。
3. 這個段落裡沒有一個句子能表述整個段落的重點。

接下來我會分別在第五課和第七課討論第二點和第三點內容。本課其餘篇幅則著重探討第一點。

主詞、主題，以及連貫性

五百年來，英文教師都將「主詞」定義為兩種意思：

1. 動作的「執行者」。
2. 一個句子所「討論」的，主要的題目。

在第二課和第三課裡，我們學到，第一個定義何以行不通：很多句子的主詞都不是動作者。舉例來說，以下這句主詞是動作：*The **explosion** was loud.*（爆炸很大聲。）這句主詞則是品質：***Correctness** is not writing's highest virtue.*（正確性不是

寫作的至高美德。）這句主詞則只是文法上的佔位符：*It was a dark and stormy night.*（那是個月黑風高的夜晚。）

　　但是第二個定義也不完整：主詞是一個句子所討論的（*A subject is what a sentence is about*）。不完整的地方在於，通常一個句子的主詞不會代表它的主題。這個「主題化」的功能可以由句子的其他部分來擔任。舉個例子，下列句子中，沒有一個主要的主詞說明了句子的主題：

- 下一個句子的主要主詞（斜體字者）是 It，但是句子的主題（粗體字者）是 your claim，做為介系詞 for 的受詞：

  It is impossible for **your claim** to be proved.
  （你的主張不可能被證實。）

- 這一句的主詞是 I，但句子的主題是 this question，是 to 的受詞：

  In regard to **this question**, *I* believe more research is needed.
  （關於這個問題，我相信需要更多的研究。）

- 這一句的主詞是 it，但句子的主題是 our proposal，是從屬子句中動詞的主詞：

It is likely that **our proposal** will be accepted.

（很可能我們的提案會被採用。）

- 這句的主詞是 no one，但句子的主題是 such results，是 直接的受詞，為了強調而置於句首：

Such results *no one* could have predicted.

（這種結果沒有人可以預料。）

診斷和修改：主題

就像清晰的問題一樣，你無法只透過閱讀，來預測讀者將 如何評斷你的行文，因為你對於內容太了解了。你必須更客觀 地分析。底下這一段文字讀起來沒有焦點，甚至雜亂無章：

Consistent ideas toward the beginnings of sentences help readers understand what a passage is generally about. A sense of coherence arises when a sequence of topics comprises a narrow set of related ideas. But the context of each sentence is lost by seemingly random shifts of topics. Unfocused paragraphs result when that happens.

（句子開頭以連貫的概念可幫助讀者了解一個段落整體的意 思。當一連串主題由一組相關的概念構成時，就出現整體 感。但是每一個句子的上下文會因為似乎隨意地變換主題

而失去意義。發生這種情況時，就產生失去焦點的段落。）

現在來看，要如何診斷和改寫這類段落：

1. 診斷

a. 把每一個句子開頭前七、八個字劃底線，遇到主要動詞時就停止。

b. 如果可以的話，劃下這些句子中的每一個子句開頭前五、六個字。

<u>Consistent ideas toward the beginnings of sentences</u>, especially in their subjects, help readers understand <u>what a passage</u> is generally about. <u>A sense of coherence</u> arises when <u>a sequence of topics</u> comprises a narrow set of related ideas. <u>But the context of each sentence</u> is lost by seemingly random shifts of topics. <u>Unfocused, even disorganized paragraphs</u> result when that happens.

2. 分析

a. 劃底線的字是否能構成一小組相關的概念呢？如果你看得出它們彼此的關聯，那麼讀者可以嗎？就這一段文字而言，答案是否定的。

b. 劃底線的字是否指出最重要的角色，是真實的或是抽象的？再一次，答案還是否。

3. 重寫

a. 在你大部分（並不需要所有）的句子中，使用主詞說明主題。

b. 確定這些主題在前後文的範圍內，是你的讀者熟悉的內容。

以下是那段文字的改寫，新的主題以粗體字呈現。

Readers understand what a passage is generally about when **they** see consistent ideas toward the beginnings of sentences, especially in their subjects. **They** feel a passage is coherent when **they** read a sequence of topics that focuses on a narrow set of related ideas. But when topics seem to shift randomly, **readers** lose the context of each sentence. When **that** happens, **they** feel they are reading paragraphs **that** are unfocused and even disorganized.

（當讀者看到句子開頭有連貫的概念，特別是在主詞時，就會了解一個段落大致的意思。當讀者讀到一連串主題聚焦於一組相關的概念時，就會感覺段落有連貫性。但是讀者會失去每一個句子的上下文意涵，如果主題看起來隨意變換的話。發生這種情況時，讀者會覺得所閱讀的段落沒有焦點，甚至雜亂無章。）

現在，這些主詞形成一個強的主題串：readers, they, they, they, topics, readers, that, they [readers]。

避免在句首分散注意

句子開頭要寫得漂亮不容易。讀者想要快速進入主詞／主題，但我們寫作句首的方式，卻常難以讓讀者如願。這叫做清喉嚨（throat-clearing）。清喉嚨通常會以後設論述開始，將句子與前一個句子連接起來，使用常見的轉折連接詞，例如：and、but、therefore：

And therefore...（因此……）

然後我們會加上第二種後設論述，表達我們對於即將出現的內容的態度。這些字詞如：fortunately（幸運地）、perhaps（也許）、allegedly（據報）、it is important to note（很重要的是要注意）、for the most part（大體上而言）、politically speaking（就政治上來說）：

And therefore, it is important to note...
（因此，很重要的是要注意……）

接下來再指出時間、地點或方式：

And therefore, it is important to note that, in Eastern states since 1980...

（因此，很重要的是要注意，在東部數州自1980年起……）

只有在這時，我們才會談到主詞／主題：

And therefore, it is important to note that, in Eastern states since 1980, **acid rain** has become a serious problem.

（因此，很重要的是要注意，在東部數州自1980年起，酸雨已經變成嚴重的問題。）

當你寫作時，都用這樣分散注意力的方式起頭，讀者不僅難以理解每一個句子，就連找出整段的重點都很困難。當你發現一個句子的主詞／主題前面夾雜太多字詞時，就要改寫：

✓ Since 1980, therefore, **acid rain** has become a serious problem in the Eastern states.

（因此，自1980年起，酸雨已經變成東部數州嚴重的問題。）

✎ **寫作重點**

在你大部分（並不需要所有）的句子中，使用主詞開頭，並且使主詞成為該句想要說明的主題。

　　學習寫作更清楚的句子已經不容易,更高的要求是,把這些句子組合成一個具有整體性又有連貫性的段落。我們可以將關於新舊資訊的這些原則,以及一串具連貫性的主題,與「主角為主詞」和「動作為動詞」的原則結合(空格的地方我會在第五課補充):

固定的	主題		
可變的	熟悉的	新的	
固定的	主詞	動詞	———
可變的	角色	動作	———

Lesson 5

強調

結尾處就是我的開始。

——艾略特（T. S. Eliot）

了解如何結尾

如果你能持續寫出句子主詞／主題、點明幾個重要角色，並使之與有力的動詞連結，你很可能可以正確寫出其他句子，且在過程中創造出具有整體性和連貫性的文章。而如果一個句子的開頭幾個字特別值得注意，那麼最後幾個字也一樣，因為你結束句子的方式，會影響讀者將如何評斷個別句子的清晰度和力道，以及整個句子的整體性和連貫性。

當讀者在句子的頭九或十個字快速得知重點時，會更容易游刃有餘應付接下來的複雜內容。請比較以下段落：

1a. A sociometric and actuarial analysis of Social Security revenues and disbursements for the last six decades to determine changes in projecting deficits is the subject of this study.

（以過去六十年來社會安全收入與支出的社會測量和精算分析決定預測赤字的變化，是這項研究的主題）。

✓ 1b. In this study, we analyze Social Security's revenues and disbursements for the last six decades, using sociometric and actuarial criteria to determine changes in projecting deficits.

（在這項研究中，我們分析過去六十年來社會安全的收入和支出，使用社會測量法和精算標準來決定預測赤字的變化。）

　　我們一開始讀（1a）句，便發覺很難理解其中的術語，同時要爬梳總共二十二個字的主詞。在（1b）句中，我們只讀五個字就遇到主詞和動詞，再過十二個字才讀到可能會讓閱讀速度減緩的一個字。到那時，我們已有足夠能量可以駕馭句子的複雜度直到結尾。

複雜的文法

　　以下兩句，你比較喜歡哪一句？

2a. Lincoln's claim that the Civil War was God's punishment of both North and South for slavery appears in the last part of the speech.

（林肯宣稱內戰是上帝對南北蓄奴的懲罰，這一段是演說最後部分。）

2b. In the last part of his speech, Lincoln claims that God gave the Civil War to both North and South as a punishment for slavery.

（在林肯演說的最後一部分，他宣稱上帝將內戰帶給南北兩地，是對蓄奴的懲罰。）

　　大部分讀者會喜歡（2b）句，因為它用一個簡單的介紹片語開始，後面緊接著單一個字的主詞和一個特定的動詞，然後進入更複雜的文法。我們會在第四課討論這個問題。

複雜的意義

　　另外一種複雜性在於字詞本身的意涵，特別是專業術語。請比較以下兩個段落：

3a. The role of calcium blockers in the control of cardiac irregularity can be seen through an understanding of the role of calcium in the activation of muscle cells. The proteins actin, myosin, tropomyosin, and troponin make up the sarcomere, the basic unit of muscle contraction. The energy-producing, or ATPase, protein myosin makes up its thick filament, while the regulatory proteins actin, tropomyosin, and troponin make up its thin filament. Interaction of myosin and actin triggers muscle contraction.

（透過了解鈣在活化肌肉細胞中的角色，可以看出鈣抑制劑對控制心律不整所扮演的角色。肌動蛋白、肌凝蛋白、旋轉肌球素、心肌旋轉蛋白等蛋白質組成肌節，是肌肉收縮的基礎單位。產生能量的肌凝蛋白，或說腺甘三磷酸酶蛋白質組成厚長纖維，當調節蛋白肌動蛋白，旋轉肌球素和心肌旋轉蛋白一邊組成薄長纖維。肌凝蛋白和肌動蛋白的交互作用引發了肌肉收縮。）

✓ 3b. When a muscle contracts, it uses calcium. We must therefore understand how calcium affects muscle cells to understand how cardiac irregularity is controlled by the drugs called calcium blockers. The basic unit of muscle contraction is the sarcomere. It has two filaments, one thin and one thick. Those filaments consist of four proteins that regulate contraction: actin, tropomyosin, and troponin in the thin filament and myosin in the thick one. Muscles contract when the regulatory protein actin in the thin filament interacts with myosin, an energy-producing or ATPase protein in the thick filament.

（當肌肉收縮時，會消耗鈣。因此我們必須了解鈣如何影響肌肉細胞，以了解心律不整如何能被名為「鈣抑制劑」的藥物所控制。肌肉收縮的基礎單位是肌節，它有兩種纖維，一薄一厚。這些纖維由四種可調節收縮的蛋白質組成：薄纖維中的肌動蛋白、旋轉肌球素、心肌旋轉蛋白，以及厚纖維中的肌凝蛋白。肌肉會隨著薄纖維中的調節蛋白肌動蛋白與肌凝蛋白，一種在厚纖維中產生能量的或稱腺甘三磷酸酶蛋白質交互作用時，肌肉就會收縮。）

兩段都使用同樣的術語，但是（3b）這段對於不熟悉肌肉化學原理的讀者而言較為清晰。

這兩段文字的差異在兩方面。第一，在（3a）段落為暗示的訊息，在（3b）段中會明顯地陳述。更重要的是，注意到（3a）段中幾乎所有的術語都接近句子的開頭，熟悉的詞語卻放在後半部：

3a. The role of **calcium blockers** in the control of **cardiac irregularity** can be seen through an understanding of the role of calcium in the activation of muscle cells.

（透過了解鈣在活化肌肉細胞中的角色，可以看出鈣抑制劑對控制心律不整所扮演的角色。）

The proteins actin, myosin, tropomyosin, and troponin make up the **sarcomere**, the basic unit of muscle contraction.

（肌動蛋白、肌凝蛋白、旋轉肌球素、心肌旋轉蛋白等蛋白質組成肌節，是肌肉收縮的基礎單位。）

The energy-producing, or ATPase, protein myosin makes up its thick filament, while **the regulatory proteins** actin, tropomyosin, and troponin make up its thin filament.

（產生能量的肌凝蛋白，或說腺甘三磷酸酶蛋白質組成厚長纖維，當調節蛋白肌動蛋白，旋轉肌球素和心肌旋轉蛋白一邊組成薄長纖維。）

Interaction of myosin and actin triggers muscle contraction.

（肌凝蛋白和肌動蛋白的交互作用引發了肌肉收縮。）

在（3b）中，我把這些術語都移到句子的結尾：

... uses **calcium**.（……消耗鈣。）

... controlled by the drugs called **calcium blockers**.

（……被名為「鈣抑制劑」的藥物所控制。）

... is the **sacromere**.（……是肌節。）

... four proteins that regulate contraction: **actin, tropomyosin**, and **troponin** in the thin filament and **myosin** in the thick one.
（……四種可調節收縮的蛋白質〔組成〕：薄纖維中的肌動蛋白、旋轉肌球素、心肌旋轉蛋白，以及厚纖維中的肌凝蛋白。）

... an **energy-producing or ATPase protein** in the thick filament.
（……一種在厚纖維中產生能量的或稱腺甘三磷酸酶蛋白質。）

　　這些原則有助於寫作（甚至針對專業讀者的）文章。在下一段由《新英格蘭醫學期刊》摘錄的文字中，作者刻意使用後設論述，只為了將一個新的技術性名詞置於句尾：

The incubation of peripheral-blood lymphocytes with a lymphokine, interleukin-2, generates lymphoid cells that can lyse fresh, noncultured, natural-killer-cell-resistant tumor cells but not normal cells. *We term these cells* **lymphokine-activated killer (LAK) cells**.
（用淋巴介質介白質素培養外周血液淋巴細胞，產生的淋巴細胞可溶解新生成未培植的抗自然殺傷細胞的癌細胞，但不會溶解正常細胞。我們稱這些細胞為介白質素活化殺手〔LAK〕細胞。）

> ✎ **寫作重點**
>
> 讀者會希望你組織好句子，以幫助他們處理兩種困難：
>
> * 冗長而複雜的片語和子句。
> * 新資訊，特別是不熟悉的術語。
>
> 通常原則是，句子一開始應該寫較簡短的內容：簡單的介紹性片語或子句，接著是簡短具體的主詞，之後接動詞，表達特定的動作。在動詞之後，句子可能延伸至好幾行，如果句子結構良好的話（參考第九、十課）。大原則是，帶領讀者從簡單進入到複雜的內容，而不是從複雜到簡單。

再一個新詞：重音

在上一課裡，我們談到一個句子中有個重要的位置，就是句子的頭幾個字，說明了這個句子「關於」或「評論」什麼。句子的最後幾個字也很重要，因為讀者會特別注意到。你可以察覺你的聲音會在唸到句尾時上揚，以強調某一個音節：

... more strongly than the óthers. （甚於其他的音節。）

我們在默讀時也會有同樣的經歷。

我們可以稱一個句子最需要加強的部分為重音（stress）。你如何處理重音部位的加強方式，會幫助你建立讀者在你文章裡聽到的聲音。因為如果你用無甚意義的字眼結尾，你的句子看起來結尾就會很弱。

> Global warming could raise sea levels to a point where much of the world's low-lying coastal areas would disappear, **according to most atmospheric scientists**.
>
> （全球暖化可能使海平面上升到一個地步，致使世界上大部分低沿海地區消失，根據大多數大氣科學家所說。）

> ✓ According to most atmospheric scientists, global warming could raise sea levels to a point where much of the world's low-lying coastal areas **would disappear**.
>
> （根據大多數大氣科學家所說，全球暖化可能使海平面上升到一個地步，致使世界上大部分低沿海地區消失。）

在第三課裡，我們看過不同主詞／主題會創造不同的觀點。你也可以透過處理句子的結尾，以創造不同的風格效果。

請比較以下兩個段落。一個寫來為責備某位美國總統對伊朗軍武控制態度過於軟弱，另一個則是強調伊朗方面的改寫。句子的結尾會告訴你，何者是哪一段：

1a. The administration has blurred an issue central to nuclear arms control, **the issue of verification**. Irresponsible charges, innuendo, and leaks have submerged **serious problems with Iranian compliance**. The objective, instead, should be not to exploit these concerns in order to further poison our relations, repudiate existing agreements, or, worse still, terminate arms control altogether, but to **insist on compliance and clarify questionable behavior**.

（行政當局一直在模糊對核武控制的關鍵議題，亦即證實的議題。不負責任的控告、嘲諷和走漏消息，已經淹沒伊朗方面答應承諾的嚴重問題。相反的，目標不應該是剝削這些憂慮以更加荼毒我們的關係，棄絕現有的協議，或者更糟的是，完全終止武器管制，而是堅持承諾以及釐清可疑的行為。）

1b. The issue of verification—so central to arms control—has been **blurred by the administration**. Serious problems with Iranian compliance have been submerged in **irresponsible charges, innuendo, and leaks.** The objective, instead, should be to clarify questionable behavior and insist on compliance— not to exploit these concerns in order to **further poison our relations, repudiate existing agreements, or worse still, terminate arms control altogether.**

（證實的議題——對於軍武控制十分關鍵——卻一直被行政當局模糊焦點。伊朗方面承諾的嚴重問題已經淹沒在不負責的控告、嘲諷和走漏消息中。相反的，目標應該是釐清可疑的行為並堅持承諾——而非剝削這些憂慮以進一步荼毒我們的關係，棄絕現有的協議，或者更糟的是，完全終止武器管制。）

✎ 寫作重點

如同我們在一個句子的前幾個字尋找觀點一樣，也能在句末幾個字找到特別強調的重點。你可以修改一個句子，用以強調你希望讀者清楚聽到的特定字句，因此注意其尤為不同的重要性。

診斷和修改：重音

如果你已經很能掌握主詞和主題，你可能自然會把想要強調的字詞放在句尾。為了測驗這點，你可以朗讀你寫的句子。當你讀到最後三、四個字時，用力敲你的手指，就像在演說當中強調它一樣。如果你敲的字不太需要特別強調，就找出必須強調的字，然後把這些字放在句尾。以下提供幾個可行的方式。

三種策略性的修改法

1. 修改結尾。

Sociobiologists claim that our genes control our social behavior **in the way we act in situations we are in every day**.
（社會生理學家主張基因控制我們在每天環境下行動的社會行為。）

因為social behavior意指the way we act in situations，因此在behavior之後的字都可以省略。

✓ Sociobiologists claim that our genes **control our social behavior**.
（社會生理學家主張基因控制我們的社會行為。）

2. 將次要的構想移到左邊。

The data offered to prove ESP are weak, **for the most part**.
（所提供的證明ESP的資料很薄弱，就大多數而言。）

✓ **For the most part**, the data offered to prove ESP are weak.
（就大多數而言，所提供的證明ESP的資料很薄弱。）

特別要避免用草率的後設論述結尾。

Job opportunities in computer programming are getting scarcer, **it must be remembered**.

（電腦程式設計的工作機會愈來愈少，一定要記住。）

✓ **It must be remembered** that job opportunities in computer programming are getting scarcer.

（一定要記住，電腦程式設計的工作機會愈來愈少。）

3. **將新的資訊搬移到右邊**。處理重音有一個更常見的做法，就是將新的資訊置於句子結尾。

Questions about the ethics of withdrawing intravenous feeding are more difficult [than something just mentioned].

（拔除靜脈給養的倫理問題〔比之前提到的某物〕更加困難。）

✓ More difficult [than something just mentioned] are **questions about the ethics of withdrawing intravenous feeding**.

（〔比之前提到的某物〕更困難的是拔除靜脈給養的倫理問題。）

強調正確字詞的六種句法設計

有幾個句法上的設計，可以讓你處理句子中想要強調的新的資訊單位。

1. There轉換

　　有些作者不鼓勵所有「there is/there are」的結構，但是使用它可以讓你將主詞定位，加以強調。比較下列兩者：

Several syntactic devices let you manage where in a sentence you locate units of new information.

（幾個句法上的設計可以讓你處理在句子中你放置新資訊單位的位置。）

✓ *There are* **several syntactic devices** that let you manage where in a sentence you locate units of new information.

（有幾個句法上的設計可以讓你處理在句子中你放置新資訊單位的位置。）

　　有經驗的寫作者通常用there做為段落開頭，以介紹接下來要發展的新主題和概念。

2. 被動式（最後一次）

　　一個被動式動詞可以讓你翻轉主詞和受詞。請比較以下兩個句子：

Some claim that **our genes** influence$_{active}$ aspects of behavior that we think are learned. **Our genes**, for example, seem to determine...

（有些人主張基因影響我們認為是學習來的行為面向，我們的基因，舉例而言，似乎決定了……）

✓ Some claim that aspects of behavior that we think are learned are in fact influenced$_{passive}$ **by our genes**. **Our genes**, for example, seem to determine...

（有些人主張我們認為是學習來的行為面向事實上受到基因的影響。我們的基因，舉例而言，似乎決定了……）

語言中使用被動式，能使我們以適切的順序讀到舊資訊和新資訊。

3. What 轉換

這是另一個句法設計，能將句子一部分轉移到對的位置，藉以更加強調其重要性：

We need a monetary policy that would end fluctuations in money supply, unemployment, and inflation.
（我們需要能夠終止金錢供應波動、失業和通貨膨脹的貨幣政策。）

✓ **What** we need **is** a monetary policy that would end fluctuations in money supply, unemployment, and inflation.

（我們需要的是能夠終止金錢供應波動、失業和通貨膨脹的貨幣政策。）

4. It 轉換

當你的主詞為較長的名詞子句時，你可以將它移到句尾，並在句首加上 it：

That oil prices would be set by OPEC once seemed inevitable.
（油價將由石油輸出國組織決定一度似是無可避免的。）

✓ *It* once seemed inevitable **that oil prices would be set by OPEC.**
（曾有一度幾乎無可避免的是，油價將由石油輸出國組織決定。）

5. Not only X, but (also) Y(as well)（不只X，而且Y也）

在下列這一組句子中，請注意 but 如何強調對句中最後部分的內容：

We must clarify these issues **and develop deeper trust**.
（我們必須釐清這些議題並且發展更深的信任。）

✓ We must *not only* clarify these issues, *but also* **develop deeper trust**.

（我們必須不只釐清這些議題，並且也要發展更深的信任。）

除非你有理由強調負面訊息，否則最好用正面字詞結尾。

The point is to highlight our success, **not to emphasize our failures**.

（重點是凸顯我們的成功，不是去強調失敗。）

✓ The point is not to emphasize our failures, but **to highlight our success**.

（重點不是去強調失敗，而是凸顯我們的成功。）

6. 代名詞替換和省略

這一點很不錯：如果你重複使用一個距離句尾幾個字之前才用過的字，你的句子就會結束得很呆板，因為我們在腦海中聽到的聲音會在句尾下降。如果你朗讀前一句、這一句和下一句，你可以聽到每一個句子結尾音調都會下降。為了避免那樣的平板單調，請重寫或是使用代名詞，不要再於句尾重複同一個字。舉例而言：

A sentence will seem to end flatly if at its end you use a word that you used just a few words before, because when you repeat that word, your voice **drops**. Instead of repeating the noun, use a **pronoun**. The reader will at least hear emphasis on the word just **before** *it*.

（如果你在句尾重複使用一個幾個字前才用過的字，你的句子就會看起來結束得很呆板，因為當你重複那個字詞，你的音調會下降。與其重複那個名詞，不如使用代名詞。讀者至少會聽到it之前的那個字被強調。）

有時候，你可以直接刪除之前曾經用過的字：

It is sometimes possible to represent a complex idea in a simple sentence, but more often you cannot.

（有時候用一個簡單的句子表達複雜的概念是可行的，但是通常沒有辦法。）

特別優雅的文章有的特色之一，是寫作者會使用幾個修辭技巧寫作句子結尾。我會在第十課再討論這些技巧。

主題、強調、主旨，以及連貫性

強調某些句子還有一項功能，就是幫助讀者感覺整個段落的連貫性。我們在上一課談到，讀者認為最清楚的主題，就是在句子開頭用簡短的名詞片語所表達的，通常是主詞。那是為何我們大多數人會認為下列段落焦點不明的原因：句子開頭似乎太隨意，並未表達連貫的觀點：

1a. Great strides in the early and accurate diagnosis of Alzheimer's disease have been made in recent years. Not too long ago, senility in an older patient who seemed to be losing touch with reality was often confused with Alzheimer's. Genetic clues have become the basis of newer and more reliable tests in the last few years, however. The risk of human tragedy of another kind, though, has resulted from the increasing accuracy of these tests: predictions about susceptibility to Alzheimer's have become possible long before the appearance of any overt symptoms. At that point, an apparently healthy person could be devastated by such an early diagnosis.

（近幾年來對於阿茲海默症在早期準確的診斷上有了重大的進步。不久之前，看似與現實脫節、較年長者的衰老情況常被誤以為是阿茲海默症。最近幾年來，然而，基因線索已經成為更新更可靠的檢測基礎。雖然，另一種人性悲劇的風險來自這些愈來愈準確的檢驗：阿茲海默症的好發率早在任何徵狀出現的很久之前就能被預測。那時，一個明明很健康的人可能會被這樣的早期診斷擊垮。）

如果我們將上述段落改寫，讓主題更有一致性，也會讓段落看起來更為連貫（主題為粗體字者）：

✓ 1b. In recent years, **researchers** have made great strides in the early and accurate diagnosis of Alzheimer's disease. Not too long ago, when a **physician** examined an older patient who seemed out of touch with reality, **she had** to guess whether the **person** was senile or had Alzheimer's. In the last few years, however, **physicians** have been able to use new and more reliable tests focusing on genetic clues. But in **the accuracy of these new tests** lies the risk of another kind of human tragedy: **physicians** may be able to predict Alzheimer's long before its overt appearance, but **such an early diagnosis** could psychologically devastate an apparently healthy person.

（近幾年來，研究人員對於阿茲海默症在早期準確的診斷上有了重大的進步。不久之前，當醫生檢查看似與現實脫節的較年長者時，她必須猜測這人是衰老或者罹患了阿茲海默症。然而最近幾年來，醫生已經鎖定基因線索做為更新更可靠的檢測基礎。雖然，這些新檢驗的準確度也潛藏另一種人性悲劇的風險：醫生可以在任何徵狀出現很久之前就能預測阿茲海默症，但是這樣的早期診斷可能在心理上會嚴重打擊一個明顯很健康的人。）

上述段落聚焦在兩個主題上：研究人員／醫生，以及檢測／診斷。

　　不過，還有一種修改可以讓段落更有連貫性：

　　把關鍵字放在段落第一句的重音位置，以強調能統整段落其他部分的重要概念。

　　上述段落的第一句強調診斷上的進步：…the early and accurate diagnosis of Alzheimer's disease（阿茲海默症在早期準確的診斷上）。但是這一段的重點不是關於診斷，而是風險。然而，統整性的概念直到段落後半部才出現。

　　如果所有核心的概念都出現在第一句，**特別是句尾，亦即重音位置**時，讀者就能更容易掌握整段的重點。讀者會從段落的開頭第一、二句去尋找整段會重覆並發展的關鍵概念，而且**特別會從這些開頭的、引言的，以及框範式的句子中的最後幾個字去找這些概念**。

　　關於阿茲海默症的段落，這裡有一個新的起始句，能夠幫助讀者聚焦於關鍵概念上。並非只是阿茲海默症和新的檢測，還包含新的問題與告知風險最大者：

In recent years, researchers have made great strides in the early and accurate diagnosis of Alzheimer's disease, but those **diagnoses** have raised **a new problem** about **informing those most at risk who show no symptoms of it**.

（近幾年來，研究人員對於阿茲海默症在早期準確的診斷上有了重大的進步，然而這些診斷提出了一個新問題，就是對完全沒有外顯症狀的高風險者的告知。）

我們可以稱這些貫串整段的核心概念為「主旨」（themes）。
再看一次下列段落中強調的字詞：

- 粗體字是關於檢測。
- 斜體字是關於心理狀態。
- 大寫字是關於新的問題。

這些概念中每一個都出現在新開頭的句子結尾，特別是
「新的問題」這個主旨。

✓ 1c. In recent years, researchers have made great strides in the early and accurate **diagnosis** of *Alzheimer's disease*, but those **diagnoses** have raised A NEW PROBLEM about INFORMING THOSE *MOST AT RISK* WHO SHOW *NO SYMPTOMS OF IT*. Not too long ago, when a physician examined an older patient who seemed *out of touch with reality*, she had to **guess** whether that person had *Alzheimer's* or was *only senile*. In the past few years, however, physicians have been able to use **new and more reliable tests** focusing on genetic clues. But in the accuracy of these **new tests** lies the RISK OF ANOTHER KIND OF HUMAN TRAGEDY: physicians may be able to **predict** *Alzheimer's* long before its overt appearance, but such an early **diagnosis** could PSYCHOLOGICALLY DEVASTATE

AN APPARENTLY HEALTHY PERSON.

（近幾年來，研究人員對於阿茲海默症在早期準確的診斷上有了重大的進步，但是這些診斷可能提出一個新問題，就是對完全沒有外顯症狀的高風險者的告知。不久之前，當醫生檢查看似與現實脫節的較年長者時，她必須猜測這人是罹患了阿茲海默症或者只是衰老。然而最近幾年來，醫生已經鎖定基因線索做為更新更可靠的檢測基礎。雖然，這些新檢驗的準確度也潛藏另一種人性悲劇的風險：醫生可以在任何徵狀出現很久之前就能預測阿茲海默症，但是這樣的早期診斷可能會在心理上嚴重打擊一個明顯很健康的人。）

這個段落現在更「完整」了，原因不只一個，而是三個：

- 其中的主題前後一致聚焦在醫生和診斷上。
- 貫穿全段的字串專注於這些主題：一、檢測，二、心理狀態，三、新的問題。
- 同樣重要的是，起頭的句子透過在句尾強調主題，來幫助讀者加強注意。

這個原則適用於介紹較長段落（二或三句介紹性的、轉折的，以及其他種類的段落遵循不同的模式）的句子，也適用於任何長度、甚至整份文件的介紹句。

✎ **寫作重點**

我們藉由貫串整段的概念，以創造連貫性。你可以透過兩種方式，幫助讀者辨認這些概念：

● 重覆那些指出角色為句子主題，通常是主詞的概念。

● 重覆其他出現在段落別的位置中、名詞、動詞、形容詞中的主旨（參考第九課）。

如果你在段落介紹句的結尾能加以強調，則讀者較可能注意到這些主題。

這一課學到的原則整理如下：

固定的	主題		重音
可變的	簡短、簡單、熟悉的		長、複雜、新的

固定的	主詞	動詞	————
可變的	角色	動作	————

Lesson **6**

閱讀動機

用對的方式提問，就等於解決了一半的問題。

————約翰·杜威（John Dewey）

回頭看，我想要看到真正的問題，遠比解決問題困難。

————查爾斯·達爾文（Charles Darwin）

了解動機

在過去四課裡，我詳談了句子和段落所具有的特徵，可以被讀者視為清晰而連貫，而且更容易理解的寫作。但是，較長的論述單位如：段落、章節及整份文件，也會影響讀者對清晰度、連貫性和理解的感受。在這一課及下一課，我會接著作更深入的討論。首先是你的前言，前言寫對了，能幫助讀者在閱

讀接下來的內容時更加清楚和連貫。

如果我們對於一個主題感興趣，就會儘可能取得並閱讀一切資料，就算必須費力加以理解也不以為苦。不但可能勉力爬梳艱澀的句子，還會使用既有知識填補闕漏，修正邏輯上的間隙，把複雜糾結的文字組織理出頭緒。寫作者若擁有這樣的讀者，算是占了大便宜。

但是大部分作者並不會那麼幸運。大多數作家面對的讀者並非興致勃勃，或是那麼見多識廣，因此他們必須在兩方面使讀者有所準備：

- 他們必須提供讀者誘因動機，讓讀者想要仔細閱讀。
- 他們必須讓讀者知道可以預期的內容，以使讀者更有知識性地閱讀。

當我們不只是閱讀一個有趣的**主題**，而是一個對我們至關重要的**問題**時（不管是找好工作或是關於生命的起源），閱讀的態度是最專注的。

在文章一開始就提出問題

從你開始擬定一個寫作計畫的那一刻起，不要認為你的工作只是寫作一個主題，傳達你感興趣的話題而已。要把你本身看成在提出一個問題，是讀者希望得到解決的。然而，那個問題可能是你的讀者還不太關注，甚至並不知道的問題。若是如

此，你就面臨了挑戰：你必須克服他們喜歡問「所以呢？」的傾向，也就是激勵讀者，讓他們明白，你的問題就是他們自己的問題。

舉個例子，請閱讀以下這個段落（所有例子都比典型的段落稍短）：

1a. When college students go out to relax on the weekend, many now "binge," downing several alcoholic drinks quickly until they are drunk or even pass out. It is a behavior that has been spreading through colleges and universities across the country, especially at large state universities. It once was done mostly by men, but now even women binge. It has drawn the attention of parents, college administrators, and researchers.

（當大學生週末出去放鬆時，很多人現在會「灌酒」，把好幾種酒快速吞下，直到醉酒或甚至昏過去。這個行為在國內大專院校急速蔓延，特別是大型州立大學。曾經只有男生會這樣做，但是現在甚至女生也會灌酒。這個行為已經引起家長、校方和研究者的注意了。）

這段引言只提出一個主題：但是並沒有給我們誘因去注意它。除非讀者已經對這個議題有興趣，不然她可能聳聳肩說：「所以呢？誰在乎大學生愛酗酒？」

　　將前段引言與下列對比，這段文字告訴我們為何灌酒不只是一個有趣的話題，而且是一個值得關注的問題：

1b. Alcohol has been a big part of college life for hundreds of years. From football weekends to fraternity parties, college students drink and often drink hard. But a new kind of drinking known as "binge" drinking is spreading through our colleges and universities. Bingers drink quickly not to be sociable but to get drunk or even to pass out. Bingeing is far from the harmless fun long associated with college life. In the last six months, it has been cited in at least six deaths, many injuries, and considerable destruction of property. It crosses the line from fun to reckless behavior that kills and injures not just drinkers but those around them. We may not be able to stop bingeing entirely, but we must try to control its worst costs by educating students in how to manage its risks.

（幾百年來，喝酒都是大學生活重要的一部分，從足球賽週末到兄弟會派對，大學生都會喝酒，而且常喝得很兇。然而一種稱為「灌酒」的新飲酒方式正在我們的大專院校蔓延開來。灌酒者快速喝酒不是為了社交，而是為喝醉甚至喝暈。灌酒已經遠不是大學生活長久相習的無害樂趣。在過去六個月中，據報至少有六人死亡，多人受傷，並造

成可觀的財產損壞。這個行為超越玩樂的界線，跨越到不僅造成酗酒者本身還有周遭人士傷亡的衝動行為。我們可能無法完全終止灌酒，但是必須嘗試藉由教育學生如何管理風險，以控制此行為最高昂的代價。）

雖然簡短，但（1b）段落中有三個部分是大多數第一段引言中就會出現的。每一個部分都扮演了激勵讀者繼續閱讀的角色。這些段落包括：

共同背景──問題──解決／主要論點／訴求

Alcohol has been a big part of college life... drink hard. ₛₕₐᵣₑd_context But a new kind of drinking known as "binge" drinking is spreading... kills and injures not just drinkers but those around them. _problem We may not be able to stop bingeing entirely, but we must try to control its worst costs by educating students in how to manage its risks. _solution

（……喝酒都是大學生活重要的一部分……喝得很兇。共同背景然而一種稱為「灌酒」的新飲酒方式正在蔓延……不僅造成酗酒者本身還有周遭人士傷亡。問題我們可能無法完全終止灌酒，但是必須嘗試藉由教育學生如何管理風險，以控制此行為最高昂的代價。解決辦法）

第一部分：建立共同背景

大多數作文都會以共同背景做為開始，像是（1b）段：

Alcohol has been a big part of college life for hundreds of years. From football weekends to fraternity parties, college students drink and often drink hard._{shared context} But a new kind of drinking known as "binge"...

（幾百年來，喝酒都是大學生活重要的一部分，從足球賽週末到兄弟會派對，大學生都會喝酒，而且常喝得很兇。_{共同背景}然而一種稱為「灌酒」的新飲酒方式……）

這個共同背景提供了歷史脈絡，但它也可能是一個最近的事件、共同的信念，或任何其他事物，能提醒讀者所知、所經驗，或能立即接受的前提。

事件：

A recent State University survey showed that 80% of first-year students engaged in underage drinking in their first month on campus, a fact that should surprise no one. _{shared context} But what is worrisome is the spread among first-year students of a new kind of drinking known as "binge." ...

（最近一份州立大學研究顯示，有百分之八十的新鮮人在進入校園的第一個月就從事未成年喝酒的行為，此項事實

任何人應該都不會訝異。_{共同背景}但令人擔憂的，是在大一學生當中蔓延開來、稱為「灌酒」的新飲酒方式……）

信念：

Most students believe that college is a safe place to drink for those who live on or near campus. And for the most part they are right. _{shared context} But for those students who get caught up in the new trend of "binge" drinking, ...

（大部分學生相信對於住校或住在學校附近的人來說，在大學裡喝酒是很安全的。這個想法大致上並沒錯。_{共同背景}但是對於被抓到沉迷於「灌酒」這種新飲酒方式的學生來說……）

這些形式的共同背景，對於激勵讀者繼續閱讀扮演了很重要的角色。在（1b）段中，我想要你把那個背景當作一個看似無誤的基礎來思考灌酒這件事，然後我才能挑戰它。我讓你有心理準備，所以我才能有把握地說，你可能認為你知道整件事，但是你並不知道。那個「但是」暗示了接下來的敘述：

... drink and often drink hard._{shared context} BUT a new kind of drinking known as "binge" drinking is spreading...

（喝酒，而且常喝得很兇。_{共同背景}然而一種稱為「灌酒」的新飲酒方式正在蔓延……）

換句話說，大學生喝酒看起來沒有問題，**但是結果卻不然**。我想要製造一個小小驚奇，引起你繼續閱讀的興趣。

對於有經驗的寫作者，沒有別的方式比這樣開頭更常用的了：以看似真實的陳述為開頭，然後為其辯證甚或否定之。你可以在報紙、雜誌、特別是專業期刊裡找到無數的例子。開頭的背景介紹可以是一兩個句子，就像上述範例一樣；若是期刊文章裡，可能會需要幾個段落，這稱為文獻探討（literature review），是找出以前的研究者曾說過的論點，再由筆者提出同意或訂正的說法。

但並不是每一種寫作都會用這個方式起頭。有些會跳到開頭引言的第二個元素：陳述問題。

第二部分：陳述問題

如果作者以共同背景起頭，典型的陳述問題方式可能是以「但是」（but）或「然而」（however）開始：

Alcohol has been a big part of college life for hundreds of years. From football weekends to fraternity parties, college students drink and often drink hard. _{shared context} **But** a new kind of drinking known as "binge" drinking is spreading through our colleges and universities. Bingers drink quickly not to be sociable but to get drunk or even to pass out. Bingeing is far from the harmless fun long associated with college life. In the last six months, it has been cited in at least six deaths, many injuries, and considerable destruction of property. It crosses the line from fun to reckless behavior that kills and injures not just drinkers but those around them. ~problem~ We may not be able to...

（幾百年來，喝酒都是大學生活重要的一部分，從足球賽週末到兄弟會派對，大學生都會喝酒，而且常喝得很兇。

~共同背景~然而一種稱為「灌酒」的新飲酒方式正在我們的大專院校蔓延開來。灌酒者快速喝酒不是為了社交，而是為喝醉甚至喝暈。灌酒已經遠不是大學生活長久相習的無害樂趣。在過去六個月中，據報至少有六人死亡，多人受傷，並造成可觀的財產損壞。這個行為超越玩樂的界線，跨越到不僅造成酗酒者本身還有周遭人士傷亡的衝動行為。~問題~我們可能無法……）

一個問題的兩部分

對於讀者而言，要認為一件事是問題，必須有兩個部分：

- 第一個部分是有某個**狀況**或**事件**：恐怖主義、學費調漲、學生灌酒等等，可能製造麻煩的任何事。

- 第二個部分是那個狀況造成的**無法忍受的後果**，讀者們不會願意付出的代價。

　　這個代價就是激發讀者的關鍵。他們想要消除或至少緩解問題，因為這個麻煩令他們不開心：恐怖主義的代價是傷亡和恐懼；學費調漲的代價是口袋裡更多的錢消逝不見。如果學費漲了不會造成家長和學生不開心，它就不會是個問題。

　　如果你能想像在你敘述某個狀況後有人問：「所以呢？」，你就能夠找到此問題的代價：

But a kind of drinking known as "binge" drinking is spreading through our colleges and universities. Bingers drink quickly not to be sociable but to get drunk or even to pass out. _{condition} *So what*? **Bingeing is far from the harmless fun long associated with college life. In the last six months, it has been cited in at least six deaths, many injuries, and considerable destruction of property. It crosses the line from fun to reckless behavior that kills and injures not just drinkers but those around them**. _{cost of the condition}

（然而一種稱為「灌酒」的新飲酒方式正在我們的大專院校蔓延開來。灌酒者快速喝酒不是為了社交，而是為喝醉甚至喝暈。_{狀況}所以呢？灌酒已經遠這不是大學生活長久相習的無害樂趣。在過去六個月中，據報至少有六人死亡，很多人受傷，並造成可觀的財產損壞。這個行為超越玩樂的界線，跨越到不僅造成酗酒者本身還有周遭人士傷亡的衝動行為。_{狀況的代價}）

這個問題中的狀況是灌酒；代價是死亡和受傷。如果灌酒不需付出代價，就不會是問題。讀者必須同時看到狀況和代價，才能體認出是個問題。

兩種問題：實際的和概念的

問題有兩種，兩者都可以用不同的方式提供讀者閱讀的動機。你必須用不同的方式加以寫作。

- **實際的**問題是關於世界上某個狀況或事件，並且要求**採取行動**加以解決。學生灌酒並傷害自己，就是一個實際的問題。
- **概念上的**問題是關於我們對於某件事的想法，並且要求**改變理解**以解決問題。我們不明白學生為何會灌酒，這是一個概念上的問題。

學術圈以外的寫作者最常討論實際的問題，而學術圈內的作者通常著眼於概念上的問題。

實際的問題：我們應該怎麼做

灌酒是實際的問題，原因有二。首先，這個問題包含了附帶明確代價的某個事件，因而造成讀者的不愉快。其次，要解決這個問題，有人必須採取不同的**行動**。如果我們不能避免實際的問題，就必須在世界上**做**某件事以改變此狀況，緩和或消

除其代價。

通常我們會用一兩個字指出某個實際的問題：癌症、失業、灌酒等。但是那只是簡寫。這些名詞只說出了**狀況**：並沒有提及代價。大多數狀況聽起來像是麻煩，但**任何事**都可能是一個問題的狀況，只要它索取的代價會令你不愉快。如果中樂透會讓你遭受失去朋友家人的痛苦，這就構成一個實際的問題。

你可能會認為，像灌酒這種問題的代價太顯而易見而不必陳述，但是你無法期望讀者看待這個問題的方式和你一樣。有些讀者可能會看到不同的代價。你看到傷亡，一位大學的公關部長可能只看到負面媒體曝光：**灌酒的學生讓我們看起來像吃喝玩樂的大學，這會影響我們在家長心目中的形象。**更多麻木無感的讀者可能根本看不到代價：**大學生受傷或自毀又怎麼樣？那跟我有什麼關係？**如果是這樣，你必須設法讓這類讀者看到這些代價對他們的影響。如果你無法敘述你所看到的代價，並且讓你的讀者明白其**對他們**的嚴重性，那麼他們就沒有理由在乎你所寫的東西。

概念上的問題：我們應該怎麼想

概念上的問題和實際的問題同樣有兩個成分：一個狀況，及其代價。但除此之外，這兩種問題大相逕庭。

- 一個概念上的問題的狀況永遠是**我們不知道或不了解的某件事。**

我們可以將此狀況以一個問題表達，例如：宇宙有多重？為什麼你頭上的毛髮會持續生長，但是你腳上的毛卻不會？

- 一個概念上的問題的代價不是人因痛苦、受挫或損失而感受到明顯的不快樂；而是因為不明白某件對我們很重要的事而感到的不滿足。

我們可以將這個代價表示為讀者並不知情的某樣更重要的事，是另一個更大的問題：

Cosmologists don't know how much the universe weighs. _{condition} *So what?* Well, if they knew, they might figure out something more important: Will time and space go on forever, or end, and if they do, when and how? _{cost/larger question}

（宇宙論者並不知道宇宙有多重。_{狀況}所以呢？嗯，如果他們知道的話，或許就能解出更重要的問題：時間和空間是永恆的嗎？或有終結的一日？如果會終結，是何時，以什麼方式？_{代價／更大的問題}）

Biologists don't know why some hair keeps growing and other hair stops. _{condition} *So what?* If they knew, they might understand something more important: What turns growth on and off? cost/larger question

（生物學者不知道為什麼有些毛髮會持續生長，其他的毛髮卻不會。狀況所以呢？如果他們知道，或許就能了解更重要的事：什麼因素讓生長持續或中止？代價／更大的問題）

Administrators don't know why students underestimate the risks of binge drinking. condition *So what?* If they knew, they might figure out something more important: Would better information at orientation help students make safer decisions about drinking? cost/larger question

（學校行政單位不知道為何學生會低估灌酒的風險。狀況所以呢？如果他們知道，可能會釐清更重要的事：新生訓練時若提供更好的資訊，是否能幫助學生決定用安全的方式喝酒？代價／更大的問題）

有時候，就像在最後一個例子中，更大的問題是關於讀者不知道如何去做某件事。但是那個問題仍然是概念上的，因為它關係著我們的無知，也因為解決辦法無關行動，而是資訊。

用這樣的方式思考：對於概念上的問題，你回答一個小問題，好讓你的回答有助於回應一個更大更重要的問題。讀者會受到激勵，因為你的小問題承接了較大問題的重要性。

如果你不能用這種方式想像，你的小問題的答案有助於解答一個更大、更重要的問題，則你的問題可能是不值得問的。以下這個問題看來不太可能協助我們了解重要的事：「當林肯發表蓋茲堡演說時，他穿的襪子是什麼顏色？」不過這個問題可能可以是：「林肯如何計劃這場演說？」如果我們知道答案，或許可以學到更重要的事：他創作過程的特性。

✎ **寫作重點**

就像你的讀者一樣，你通常對大問題會比較感興趣。但是有限的資源——時間、資金、知識、技術、頁數——可能使你無法滿意地探討大問題。因此，你必須找你**能夠**回答的問題。當你規劃一份報告時，先找一個你能回答的夠小的問題，它同時也與你和**讀者**會關心的大問題有關聯。

第三部分：陳述解決方法

解決方法就是你主要的論點或訴求。實際和概念上的問題在解決方式上也有所不同。我們用行動解決實際的問題：讀者（或人們）必須**改變他們的作為**。我們用資訊解決概念上的問題：讀者（或人們）必須**改變他們的想法**。你對小問題的答案會幫助讀者了解大的問題。

實際的問題

要解決實際的問題,你必須建議讀者(或人們)**做**某些事以改變世界上的某個狀況:

... behavior that crosses the line from fun to recklessness that kills and injures not just drinkers but those around them.problem **We may not be able to stop bingeing entirely, but we must try to control its worst costs by educating students in how to manage its risks**. solution/point

(⋯⋯行為已從好玩越界到魯莽,不僅使飲酒者傷亡,也危害他們周圍的人。問題我們或許無法完全杜絕灌酒行為,但我們必須嘗試藉由教育學生如何管理風險,以降低代價的嚴重性。解決方法/重點)

概念上的問題

要解決概念上的問題,你必須陳述某件你希望讀者**了解**或**相信**的事。

... we can better understand not only the causes of this dangerous behavior but also the nature of risk-taking behavior in general. problem **This study reports on our analysis of the beliefs of 300 first-year college students. We found that**

students were more likely to binge if they knew many stories of other students' bingeing, so that they believed that bingeing is far more common than it actually is. _{solution/point}

（……我們可以不僅更了解這種危險行為的成因，也能了解一般風險行為的本質。_{問題}這份研究報導我們針對三百位大一新生的觀念的分析。我們發現如果學生知道很多其他學生灌酒的故事，他們灌酒的可能性就更大，因為他們相信灌酒的行為比實際上更加普遍。_{解決方法／重點}）

杜威和達爾文都提過，沒有什麼比找到一個好問題或麻煩更困難的事，因為如果找不到，你就不會獲致值得支持的答案。

另一部分：前言

還有一個技巧是寫作者有時候會在開頭的引言裡使用的。你可能記得曾被告誡要用很響亮的名言、事實或軼事開頭，以「攫取讀者的注意力」。最能引起注意的是一個有待解決的問題，但是一個引人注意的開頭可以生動地交代與你接下來的論述相關的核心主題。要指名這種技巧，可以使用一個音樂詞彙：前奏／前言（prelude）。自然或社會科學的寫作者很少使用前言，人文學科比較常見，最常見的是在寫給一般大眾的讀物中。

以下三種前言可在一篇關於灌酒的報告中提出關鍵的主題：

1. 引用名句

"If you're old enough to fight for your country, you're old enough to drink to it."

（「如果你年紀尚未大到足以為國家戰鬥，你至少夠大可以為它乾杯。」）

2. 令人驚訝的事實

A recent study reports that at most colleges, three out of four students "binged" at least once in the previous thirty days, consuming more than five drinks at a sitting. Almost half binge once a week, and those who binge most are not just members of fraternities but their officers.

（最近一份研究報告指出，在大多數大學中，有四分之三的學生在入學一個月內至少曾「灌酒」一次，在同一時段喝下至少五種酒精飲料，將近半數人每個禮拜至少灌酒一次，而且最常灌酒的人不只是兄弟會成員，還是其中的幹部。）

向編輯學思考：
激發自我才能、學習用新角度看世界，精準企畫的10種武器

作者｜安藤昭子　譯者｜許郁文

定價｜450元

博客來、誠品5月選書

網路時代的創新，每一件都與「編輯」的概念有關。
所有需要拆解、重組或整合情報的人，必讀的一本書。

你做了編輯，全世界的事你都可以做。
——詹宏志（作家）

有了編輯歷練，等同於修得「精準和美學」兩個學分，終身受益。
——蔡惠卿（上銀科技總經理）

提到「編輯」，你想到什麼？或許你想到的，多半都是和職業有關的技能。

事實上，編輯不是職稱，而是思考方式。

本書所指的編輯，是從新角度、新方法觀看世界和面對資訊與情報，藉此引
出每個人與生俱來的潛能。

本書作者安藤昭子師承日本著名的編輯教父松岡正剛，安藤將松岡傳授的編
輯手法，濃縮為10種編輯常用的思考法，以實例、練習和解說，幫助我們找
到學習觀看世界的新角度。

蘋果執行長
提姆·庫克
推薦員工必讀

時基競爭

COMPETING AGAINST TIME
How Time-Based Competition is Reshaping Global Markets

速度是競爭的本質，學會和時間賽跑，
你就是後疫情時代的大贏家！

暢銷30年策略經典
首度出版繁體中文版

經濟新潮社

FACEBOOK

BLOG

3. 具代表性的軼聞

When Jim S., president of Omega Alpha, accepted a dare from his fraternity brothers to down a pint of whiskey in one long swallow, he didn't plan to become this year's eighth college fatality from alcohol poisoning.

（當阿爾發主席吉姆‧S.接受兄弟會同儕的挑戰，一口氣喝下一品脫威士忌時，他並沒有打算要成為今年第八個大學生因酒精中毒死亡的案例。）

我們可以結合上述三段文字：

It is often said that "if you're old enough to fight for your country, you're old enough to drink to it." _{quotation} Tragically, Jim S., president of Omega Alpha, no longer has a chance to do either. When he accepted a dare from his fraternity brothers to down a pint of whiskey in one long swallow, he didn't expect to become this year's eighth college fatality from alcohol poisoning. _{anecdote} According to a recent study, at most colleges, three out of four students have, like Jim, drunk five drinks at a sitting in the last thirty days. And those who drink the most are not just members of fraternities but—like Jim S.—officers. _{striking fact} Drinking, of course, has been a part of

American college life since the first college opened... shared context

But in recent years... problem

（人們常說：「如果你年紀尚未大到足以為國家戰鬥，你至少夠大可以為它乾杯。」引用名言不幸的是，阿爾發主席吉姆·S.已經沒有機會做這兩件事了。當他接受兄弟會同儕的挑戰，一口氣喝下一品脫威士忌時，他並沒有打算要成為今年第八個大學生因酒精中毒死亡的案例。軼事最近一份研究報告指出，在大多數大學中，有四分之三的學生在入學一個月內至少曾「灌酒」一次，在同一時段喝下至少五種酒精飲料，將近半數人每個禮拜至少灌酒一次，而且最常灌酒的人不只是兄弟會成員，而是像吉姆·S.一樣，為其中的幹部。令人驚訝的事實當然，從美國第一所大學成立以來，喝酒一直是大學生活的一部分……共同背景。但是近年來……問題）

如此，可以整理出以下寫作引言的一般方案：

前言
共同背景
問題〔狀況＋代價〕
解決方案／主要論點／訴求

不是每一段引言（introduction）都必須嚴格遵守這個公式。前言（prelude）是選擇性的，而且不甚普遍。寫作者在特別情況下會省略或重新整理其他部分。底下提供四個常見的變化形式：

- 當讀者對於問題已經很清楚，作者有時候會省略共同背景。然而，這麼做的話會失去聚焦讀者的注意力及介紹重要主題的機會。
- 當讀者已經很清楚狀況及其代價時，寫作者有時候可以省略共同背景，且在敘述狀況前先以代價做為開頭。
- 當可預期讀者能體認代價時，寫作者有時會省略不提。這樣的做法有其風險，尤其是當你高估了在未加以輔助下讀者自行推論的能力。
- 當讀者願意等待（這很少發生）時，寫作者有時候可以把解決方案／主要論點／訴求留到結論再說，而在引言以承諾將有解答作結。

雖然你會發現，很多成功的引言都使用這些變化形式，但是你最好的做法便是遵守上述一般格式，直到你有足夠的寫作經驗為止。

診斷和修改：引言

為了診斷你的引言能如何提供讀者閱讀的誘因，請試試以下步驟：

1. **辨別你提出的是實際的或概念上的問題。**你想要讀者做某件事，或只是去**思考**某個問題呢？
2. **從引言之後劃一條線，在每一節和小節中間也是。**如果你無法很快找到你是如何把文件分成數個部分，你的讀者也找不到。
3. **把引言分成三部分：共同背景＋問題＋解決方案／主要論點／訴求。**如果你無法很快做出這些區分，你的引言可能看起來會失焦。
4. **要讓描述共同背景文字後第一個句子的第一個字為「但是」（but）、「然而」（however），或顯示你將挑戰共同背景的其他字眼。**如果你不能明白指出共同背景與問題之間的對比，讀者可能也會錯失意涵。
5. **把問題區分為兩部分：狀況和代價。**
   a. **此狀況是否正確針對問題？**
   - 對一個實際的問題而言，狀況必須是某件要求明確代價的事。
   - 對於概念上的問題而言，狀況必須是某件未知或不被

了解的事。這個問題應該不是以直接提問的方式敘述
——是什麼造成灌酒？——而應該像是陳述某件我們
不知道的事：但是我們不知道為什麼灌酒的人會無視
於已知的風險？

b. **所提的代價是否確切解答了「所以呢？」這個問題？**

- 對於實際的問題而言，對「所以呢？」這個問題的答
  案必須表明此令人不快的狀況的某種具體後果。

- 對於概念上的問題而言，對「所以呢？」這個問題的
  回答必須表明還未知或不被了解的某個更重要的議
  題。

6. **將你提出的解決方案／主要論點／訴求劃底線，並圈出最
   重要的字詞。** 這部分應該出現在引言的結尾，也應該陳述
   關鍵主題，是你接下來文章內要發展的內容（在第七課會
   有更多討論）。

結論

一段好的引言可以引發讀者的興趣、介紹你的關鍵主題，
並且陳述主要的論點，為你令人激動的問題提出解決方案。如
果引言寫得好，讀者閱讀其他部分就會更快，也更容易理解。
好的結論卻能達到不同的目的：這是讀者最後閱讀的部分，理
應包括你所有的論點、其重要性，以及它對你提的問題指出更

深入思考的方向。結論比引言的變化更大,但是總括來說,你可以把引言的局部納入你的結論中。只要調換順序即可:

1. **開始寫結論時,陳述(或重述)你的論點、主要訴求,或是問題的解答:**

Though we can come at the problem of bingeing from several directions, the most important is education, especially in the first week of a student's college life. But that means each university must devote time and resources to it.

(雖然我們可以從幾個方面來討論灌酒的問題,但教育是最重要的一環,特別在學生大學生活開始的第一週內。然而那意味著每一所學校必須投入時間和資源在這個問題上。)

2. **如果可能,以新的方式回答「所以呢?」來解釋你論點的重要性。如果你無法用新的觀點,就重述你在引言當中提出的論點,在此如同提出一種福利:**

If we do not start to control bingeing soon, many more students will die.

(如果我們不盡快開始控制灌酒行為,會有更多學生死亡。)

If we start to control bingeing now, we will save many lives.

（如果我們現在開始控制灌酒行為，就會拯救許多學生的生命。）

3. 建議更進一步的提問或有待解決的問題，或者還未知的事情。回答「現在怎麼做？」

Of course, even if we can control bingeing, the larger issue of risk-taking in general will remain a serious problem.

（當然，即便我們可以控制灌酒行為，一般更大範圍的冒險行為仍然會持續成為嚴重的問題。）

4. 用與你所寫的前言相呼應的軼事、名言或事實來結尾。我們用另一個音樂詞彙來稱呼此技巧，就是coda（終曲，同樣在一般寫作裡最常出現，很少在自然和社會科學寫作時使用）：

We should not underestimate how deeply entrenched bingeing is: We might have hoped that after Jim S.'s death from alcohol poisoning, his university would have taken steps to prevent more such tragedies. Sad to say, it reported another death from bingeing this month.

（我們不應該低估灌酒行為根深蒂固的特性：我們可能希望在吉姆‧S.因酒精中毒死亡後，他所就讀的大學會採取

措施防止更多類似的悲劇。但令人難過的是，這個月又傳
出另一起灌酒死亡案例。）

還有幾種寫作結論的方式，不過如果你想不出其他方式的
話，這招很管用。

Lesson 7

整體連貫性

　　散文寫作藝術有兩個最重要的祕訣是：第一，轉換和連接的哲學，或說從另一個思想改革中發展出使思考往前邁進一步的藝術：所有流暢有效的文章都取決於連接方式；第二，寫作句子，使之互相修飾的方式；因為，流暢的寫作最有力的效果，是由這種快速串連的句子間彼此迴響而產生的。

──湯馬斯‧迪昆西（Thomas De Quincey，英國散文家）

架構會影響閱讀的方式

在上一課裡，已說明了寫作的引言必須包含兩個重點：

● 藉由陳述讀者所關心的問題，以激發讀者的興趣。

- 藉由陳述你的文章接下來要探討的重點和概念，建立文章其餘部分的架構。

在這一課，我會解釋第二點如何應用在你文件中的所有部分──節、小節，甚至是個別段落。就像「清晰」（clear）這個詞一樣，「連貫」（coherent）一詞也並非指我們可以在頁面上找到的任何字。連貫性是指，當我們從閱讀的材料中得出意義時，自己所創造的一種體驗。

我們在頁面上所尋找的，就是能幫助我們知道該用何種既有知識來理解文章的訊號，以及如何用已有的知識整合所閱讀的內容。本課將說明，如何將這些訊號刻意設置在你的寫作中。

藉由預告主題，以創造連貫性

在第四及第五課裡，我們討論過協助讀者在簡短段落中創造「在地」（local）連貫性的技巧。在第六課裡，我們探討了引言的寫法。但是讀者還需要更多技巧，以掌握一整篇文章的連貫性。為了幫助讀者獲得那份連貫性，你可以使用一種「目前熟悉原則」（by-now-familiar principle）：在每一份文件、每節，以及次要節的開頭，使用簡短、容易理解的文句來陳述重點並介紹主題，讓讀者可以用這些重點及主題組織文章其餘內

容。接著便在文章主體內，支持、發展或說明在第一部分陳述的重點和主題。

要幫助讀者掌握整篇文章和各段落的連貫性，請採取以下六個步驟：

文件本身：

1. 讀者必須知道引言在哪裡結束、文章主體從何處開始，以及每一節結束及下一節開始的所在。用囊括新的一節內重點的標題，指明該節的起始點（請參考第五點）。如果你的專業領域不使用標題，就在完稿時將之刪除。

2. 讀者會在引言的結尾尋找文章的重點／問題解決方案，因而在此結尾處必須說明文章其餘部分將探討的主題。如果你必須將重點保留到結論再說，那麼就在引言的結尾，用一個句子交代，之後會說明重點並且說出主題。

3. 在文章主體，讀者會尋找在引言結尾已宣布為主題的那些概念，並將其用來組織對整篇文章的理解。所以，要記得經常重述這些主題。

每一節與小節：

4. 讀者會尋找介紹各節或小節的一個較短的段落。

5. 在引言部分的結尾，讀者會尋找一個句子，能說明該節

的重點，以及你將用來在那一節中做為特殊主題發展的
特定概念。

6. 在每節的主體，讀者會尋找在引言結尾部分宣布為主題
的那些概念，用以組織對該節的理解。要記得規律地重
述這些概念。

因為在此討論的空間有限，我無法用整篇文章或較長的段
落來示範這些原則。我只能使用段落，並請你將其架構與一份
文件的一小節做聯想。

舉例而言，請讀下文：

1a. Thirty sixth-grade students wrote essays that were analyzed
to determine the effectiveness of eight weeks of training to
distinguish fact from opinion. That ability is an important
aspect of making sound arguments of any kind. In an essay
written before instruction began, the writers failed almost
completely to distinguish fact from opinion. In an essay written
after four weeks of instruction, the students visibly attempted
to distinguish fact from opinion, but did so inconsistently.
In three more essays, they distinguished fact from opinion
more consistently, but never achieved the predicted level
of performance. In a final essay written six months after
instruction ended, they did no better than they did in their

preinstruction essays. Their training had some effect on their writing during the instruction period, but it was inconsistent, and six months after instruction it had no measurable effect.

（三十位六年級生的作文經過分析以決定八週的訓練是否足以使其有效辨別事實和意見。這個能力就提出一個完整的論點而言非常重要。在指導前所寫的一篇文章裡，寫作者幾乎完全無法區別事實或意見，然而在接受指導的四週後，學生很明顯能嘗試區別事實和概念，但是表現不穩定。再寫三篇文章之後，他們區辨事實和意見的能力更加突出，但是從未達到預期的水準表現。在指導結束六個月後寫的最後一篇文章裡，他們的表現與受訓練前差不多。學生受的訓練在接受指導期間對寫作產生了些效果，但是不持續，而在指導完六個月後便毫無可評估的成效了。）

頭幾個句子介紹了文章之後其他的部分，但是並沒有提及之後會出現的關鍵概念：不穩定、從未達到、差不多、毫無可評估的成效。這些詞語對於整段文字的重點十分關鍵，而且組織了其餘的內容。更糟的是，一直讀到最後，我們才看到那個重點：訓練不具長期的效果。所以當我們閱讀時，整段文字彷彿蔓生開來。直到最後，我們才發現所需要知道的資訊，然後回頭看才理解整段重點。但此舉其實花了過多的力氣。

請比較以下版本：

1b. In this study, thirty sixth-grade students were taught to distinguish fact from opinion. They did so successfully during the instruction period, but the effect was inconsistent and less than predicted, and six months after instruction ended, the instruction had no measurable effect. In an essay written before instruction began, the writers failed almost completely to distinguish fact from opinion. In an essay written after four weeks of instruction, the students visibly attempted to distinguish fact from opinion, but did so inconsistently. In three more essays, they distinguished fact from opinion more consistently, but never achieved the predicted level of performance. In a final essay written six months after instruction ended, they did no better than they did in their preinstruction essay. We thus conclude that short-term training to distinguish fact from opinion has no consistent or long-term effect.

（在本研究中，三十位六年級生被教導如何區別事實和意見。他們在訓練的期間可以成功做到，但是效果不穩定且低於預期，而在指導結束六個月後，所受的訓練已毫無可評估的成效。在指導前所寫的一篇文章裡，寫作者幾乎完全無法區別事實和意見，然而在接受指導的四週後，學生很明顯能嘗試區別事實和意見，但是表現不穩定。再寫三

篇文章之後，他們區辨事實和意見的能力更加突出，但是從未達到預期的水準表現。在指導結束六個月後寫的最後一篇文章裡，他們的表現與受訓練前差不多。我們因此論定，對於區辨事實和意見的短期訓練，並不具持續或長期的效果。）

在（1b）段中，我們很快可以看到，開頭兩句交代了之後的內容。而在第二個句子，我們看到兩件事：整段文字的重點（如底線部分）和關鍵詞（粗體字）：

1b. In this study, thirty sixth-grade students were taught to distinguish fact from opinion. They did so successfully during the instruction period, but the **effect was inconsistent and less than predicted**, and six months after instruction ended, the instruction had **no measurable effect**.

（在本研究中，三十位六年級生被教導如何區別事實和意見。他們在訓練的期間可以成功做到，但是效果不穩定且低於預期，而在指導結束六個月後，所受的訓練已毫無可評估的成效。）

因此，我們覺得這一段文字與（1a）相較之下比較工整，而且在閱讀上更容易了解。

現在，想像有兩份文件：第一份文件中，每一節和整篇的重點出現在結尾（如1a段），而開頭的句子並沒有介紹之後將談到的關鍵詞；在另一份文件中，每一段、節，以及整篇的介紹引言中都包含各個重點。哪一份文件比較容易閱讀和理解呢？當然，是第二份。

記住這個原則：在簡短的開頭段落中，把重點句置於結尾；讓它是讀者進入更長而複雜段落前所讀到的最後一句。

- 在一個段落中，引言部分可能只是一句話，所以照慣例應為讀者閱讀其他內容前的最後一句。如果段落的引言為兩句（如1b），要注意該段的重點是第二句，仍做為讀者繼續閱讀前所讀的最後一句。
- 對於章節，你的引言可以是一段或數個段落。對於一份完整文件，你可能需要好幾個段落。即便在這些情況下，也要把引言部分的重點句置於最後，不管句子有多長。讓重點句成為讀者繼續閱讀接下來更長而複雜的內容前所讀的最後一句。

有些經驗不足的寫作者認為，如果他們在引言就揭露重點，讀者會覺得無聊，不想繼續閱讀。這並不正確。如果你用一個很有趣的問題引發讀者興趣，他們會想知道你如何處理這個問題。

✎ **寫作重點**

要寫作使讀者認為具連貫性的文章，可在每一節、小節、整份文件的開頭寫一個簡短、容易理解的引言。在引言的結尾，用一個句子陳述該文重點，以及接著會出現的關鍵詞。這類重點句將架構你的文件大綱，符合邏輯的結構。如果讀者沒有讀到這些，可能就會認為你的寫作不具連貫性。

連貫性的另兩項要件

如果我們知道重點，幾乎就可理解所閱讀的一切文件。但是要前後連貫地了解一個段落，還必須看到兩樣東西。

1. **讀者必須看到一個章節或整篇文章內的一切都與其重點有關**。請思考以下段落：

We analyzed essays written by sixth-grade students to determine the effectiveness of training in distinguishing fact from opinion. In an essay written before training, the students failed almost completely to distinguish fact and opinion. These essays were also badly organized in several ways. In the first two essays after training began, the students attempted to distinguish fact from opinion, but did so inconsistently. They also produced fewer spelling and punctuation errors. In the essays four through seven, they distinguished fact from opinion more consistently, but in their final essay, written six months after completion of instruction, they did no better than they did in their first essay. Their last essay was significantly longer than their first one, however. Their training thus had some effect on their writing during the training period, but it was inconsistent and transient.

（我們分析三十位六年級生寫作的文章，以確定區別事實和意見的訓練成效。在接受指導前所寫的一篇文章裡，學生幾乎完全無法區別事實或意見，這些文章在幾個方面亦組織欠佳。在接受指導後的頭兩篇文章，學生嘗試區別事實和意見，但是表現不穩定，在拼字和標點符號上的錯誤也減少了。在第四到第七篇文章之後，他們區辨事實和意見的能力更加一致，然而在指導結束六個月後寫的最後一篇文章裡，他們的表現與受訓練前差不多。但是，他們的最後一篇文章比第一篇文章篇幅長得多。因此，學生受的訓練在訓練期間對他們的寫作有些影響，但是效果不穩定而且短暫。）

這些關於拼字、組織，以及長度的句子在此處有什麼作

用？當讀者看不到句子與重點之間的關聯性，就容易認為所閱讀的內容缺乏連貫性。

遺憾的是，我無法給你一個簡單的相關性原則，因為這個特性非常抽象。我只能列出其最重要的類別。句子與重點相關時，會提供以下內容：

- 背景或脈絡
- 章節和全文重點
- 支持重點的理由
- 支持理由的證據、事實或資料
- 推理過程或方法的說明
- 其他論點的探討

2. **讀者必須看到你的文章組成是有秩序的。** 讀者不僅想要看到，他們閱讀的內容都與一個重點相關，還想要知道你的文章組成順序背後的原則。我們要尋找三種順序：時間性、對等性，以及邏輯性。

- **時間性**：這是最簡單的順序，在敘述或因果關係中，從早到晚（或反之）。用首先（first）、然後（then）、最後（finally）點出時間；用結果（as a result）、因為（because of that）等點出因果。這篇寫作研究的段落就是按照時間性組織的。

- **對等性**：當兩個或以上的章節對等時，就會像柱子平均支撐著一個共同的屋頂。「有三個原因說明為何……」（There are three reasons why...）組織這些段落，讓出現的次序可被讀者理解——依照重要性、複雜性等等——然後用字或片語如：首先（first）、其次（second）、而且（also）、另一個（another）、更重要的是（more important）、再者（in addition）等等，點出此順序。這也是此段關於順序的文字的組織方式。
- **邏輯性**：這是最複雜的順序：利用舉例和歸納（或反之）、前提和結論（或反之），或是主張和反對的方式。標示邏輯性的詞彙有：舉例而言（for example）、但另一方面（on the other hand）、由此得知（it follows that）等等。

關於段落

若要說所有段落都應該遵循下列原則，可能很簡單：

- 用一到兩個簡短、容易理解的句子架構接下來的內容。
- 在引言的最後一句說明段落重點（傳統的說法稱為主題句）。如果引言只有一句話，照例就會是重點所在。
- 在這個重點句的結尾，指明貫串其餘內容的關鍵主題。

　　問題是，並非所有段落都遵循這麼整齊的結構，我們看到的大部分段落都有漏洞。我們可以忽略帶有特定功能的簡短段落，像是做為轉接或是旁白，因為讀（或寫）這些部分絲毫不成問題。但是很多六七個句子以上組成的重要段落，似乎看不出有明顯的設計原則。雖然如此，我們還是可以看到大多數都是由開頭段落架構出整段的其餘內容。也許並不包括重點──可能稍後才出現，通常會在結尾。但是第一、二句話就會設定好之後的內容，包括關鍵詞語，而那通常就足以幫助讀者了解之後將閱讀的內容。

　　舉個例子，比較以下兩段文字：

2a. The team obtained exact sequences of fossils—new lines of antelopes, giraffes, and elephants developing out of old and appearing in younger strata, then dying out as they were replaced by others in still later strata. The most specific sequences they reconstructed were several lines of pigs that had been common at the site and had developed rapidly. The team produced family trees that dated types of pigs so accurately that when they found pigs next to fossils of questionable age, they could use the pigs to date the fossils. By mapping every fossil precisely, the team was able to recreate exactly how and when the animals in a whole ecosystem evolved.

（團隊取得化石確切的序列——從舊的種類演變而來的新種類的羚羊、長頸鹿和大象出現在較年輕的階層，然後在更後來的斷代被其他物種取代並絕跡。團隊重建的最特別的序列是該區常見的幾個品種的豬，牠們擴張的速度很快。此團隊建構的家族樹譜準確地追溯幾種豬的年代，以至於當他們發現年代可疑的化石附近有這些豬時，就會使用這些豬來為化石定年。透過精確定位每一塊化石，團隊能夠追溯整個生態系統內的動物究竟如何演化且在何時演化。）

2b. By precisely mapping every fossil they found, the team was able to recreate exactly how and when the animals in a whole ecosystem evolved. They charted new lines of antelopes, giraffes, and elephants developing out of old and appearing in younger strata, then dying out as they were replaced by others in still later strata. The most exact sequences they reconstructed were several lines of pigs that had been common at the site and had developed rapidly. The team produced family trees that dated types of pigs so accurately that when they found pigs next to fossils of questionable age, they could use the pigs to date the fossils.

（團隊透過精確定位發現的每一塊化石，就能夠追溯整個生態系統內的動物究竟如何演化且在何時演化。他們發現從舊的種類演變而來的新種類的羚羊、長頸鹿和大象出現

在較年輕的階層，然後在更後來的斷代被其他物種取代並絕跡。團隊重建的最確切的序列是該區常見的幾個品種的豬，牠們擴張的速度很快。此團隊建構的家族樹譜準確地追溯幾種豬的年代，以至於當他們發現年代可疑的化石附近有這些豬時，就會使用這些豬來為化石定年。）

（2a）段在最後一個句子提出重點；（2b）段則在第一句提出。但是在其餘內容都算連貫性介紹化石研究者及其工作的背景下，讀者要理解（2a）段並沒有什麼大問題。

上述只強調一件事，就是為何清楚、正確、有助益地介紹你文件的各章節及段落是很重要的。如果你的讀者從開始讀一段文字時就知道重點，他們就可以毫無困難地繼續往下讀幾段不甚完美的段落。但是如果他們不知道你所有段落的重點，那麼不管各個段落寫作得多好，讀者還是會一頭霧水。

清晰的基本原則

這個基本原則適用於個別句子、重要段落、章節與小節，以及全文：

Readers are more likely to judge as clear any unit of writing that opens with a short segment that they can easily grasp and that frames the longer and more complex segment that follows.

（讀者較傾向認為，以簡短易讀的文字開頭並架構之後更長而複雜的內容，這樣的寫作是清晰的。）

- 在一個簡單的句子中，簡短、容易理解的部分就是主詞／主題。比較以下兩句：

3a. <u>Resistance in Nevada against its use as a waste disposal site</u> has been heated.

（內華達州對於將其做為廢物處理區的做法的抵制不斷升高。）

3b. <u>Nevada</u> has heatedly resisted its use as a waste disposal site.

（內華達州強烈抵制將其做為廢物處理區的做法。）

- 在一個複雜的句子裡，簡短、容易理解的部分就是主要子句，表達了句子的重點。比較以下兩句：

4a. Greater knowledge of pre-Columbian civilizations and the effect of European colonization destroying their societies by inflicting on them devastating diseases has led to a historical reassessment of Columbus' role in world history.

（更多了解哥倫布前的文明社會，與歐洲殖民藉由帶來破壞性的疾病摧毀了這些社會所造成的影響，已經導致哥倫布在世界史的角色被歷史重新評價。）

4b. <u>Historians are reassessing Columbus' role in world history</u>, because they know more about pre-Columbian civilizations and how European colonization destroyed their societies by inflicting on them devastating diseases.

（歷史學者正在重新評價哥倫布在世界史的角色，因為他們得知更多關於前哥倫布時期的文明社會，以及歐洲殖民如何經由帶來破壞性的疾病摧毀了這些社會。）

（4a）句的重點藏在結尾；在（4b）句中，開頭子句便陳述該句的重點，亦即最重要的主張：歷史學家正在重新評估哥倫布的角色……（Historians are reassessing Columbus' role...），此主張隨後被更長也更複雜的子句所支持。

- 在一個段落中，簡短易理解的部分是引言中的一兩句話，不僅表示段落的重點，也介紹了關鍵的概念。比較以下這兩段：

5a. Thirty sixth-grade students wrote essays that were analyzed to determine the effectiveness of eight weeks of training to distinguish fact from opinion. That ability is an important aspect of making sound arguments of any kind. In an essay written before instruction began, the writers failed almost completely to distinguish fact from opinion. In an essay written after four weeks of instruction, the students visibly attempted to distinguish fact from opinion, but did so inconsistently. In three more essays, they distinguished fact from opinion more consistently, but never achieved the predicted level. In a final essay written six months after instruction ended, they did no better than they did in their pre-instruction essay. Their training had some effect on their writing during the instruction period, but it was inconsistent, and six months after instruction it had no measurable effect.

（三十位六年級生的作文經過分析以決定八週的訓練是否足以使其有效辨別事實和意見。這個能力就提出一個完整的論點而言非常重要。在指導前所寫的一篇文章裡，寫作者幾乎完全無法區別事實或意見，然而在接受指導的四週後，學生很明顯能嘗試區別事實和概念，但是表現不穩定。再寫三篇文章之後，他們區辨事實和意見的能力更加凸出，但是從未達到預期的水準。在指導結束六個月後寫的最後一篇文章裡，他們的表現與受訓練前差不多。學生所受的訓練在接受指導期間對寫作產生了些效果，但是不持續，而在指導完六個月後已毫無可評估的成效了。）

5b. <u>In this study, thirty sixth-grade students were taught to distinguish fact from opinion. They did so **successfully** during the instruction period, but the effect was **inconsistent** and **less than predicted**, and six months after instruction ended, the</u>

instruction had **no measurable effect**. _{opening segment/point} In an essay written before instruction began, the writers failed almost completely to distinguish fact from opinion. In an essay written after four weeks of instruction, the students visibly attempted to distinguish fact from opinion, but did so inconsistently. In three more essays, they distinguished fact from opinion more consistently, but never achieved the predicted level. In a final essay written six months after instruction ended, they did no better than they did in their pre-instruction essay. We thus conclude that short-term training to distinguish fact from opinion has no consistent or long term effect.

（在本研究中，三十位六年級生被教導如何區別事實和意見。他們在訓練的期間可以成功做到，但是效果不穩定且低於預期，而在指導結束六個月後，所受的訓練已毫無可評估的成效。在指導前所寫的一篇文章裡，寫作者幾乎完全無法區別事實或意見，然而在接受指導的四週後，學生很明顯能嘗試區別事實和意見，但是表現不穩定。再寫三篇文章之後，他們區辨事實和意見的能力更加凸出，但是從未達到預期的水準。在指導結束六個月後寫的最後一篇文章裡，他們的表現與受訓練前差不多。我們因此論定，對於區辨事實和意見的短期訓練並不具持續或長期的效果。）

（5a）段並沒有清楚區分的開頭文字，也沒有指出整段的核心主題。（5b）段有明顯的開頭陳述出重點，也清楚宣示整段的關鍵題旨。

- 在分節或小節中，簡短易懂的部分可能只有一段；在更長的文章裡，則會依比例加長。雖然如此，這個部分也在結尾處表達其論點，並介紹即將出現的核心概念。在此受限於篇幅，無法示範此原則如何應用在長達數段的引言中，不過要想像應該不難。
- 在整份文件中，引言部分可能為一到兩段，也許長達數頁。即便如此，它通常會比文章其餘部分簡短許多，而且在引言的結尾會有一句話陳述整份文件的論點，並介紹關鍵的概念。

診斷和修改：整體連貫性

為了診斷你是否能幫助讀者前後連貫地理解你的作品，請先開始診斷並修改你的引言。請參考第六課，然後繼續以下步驟：

1. **在文章的主體，圈出關鍵主旨和指向同樣概念的其他字詞**。如果你找不到，你的讀者恐怕也不會找得到。

2. 在每節和小節中，於引言之後劃一條線。

3. 將陳述段落重點的句子劃線，並框出你在步驟1中沒有圈出的最重要字詞。該段落的其餘部分都將對此重點提供支持，框起來的字眼是這一節將探討的核心概念，也是其最明顯的主旨。

4. 在本節的主體中，框出該段的主旨和指明相同概念的其他字眼。

請記得，如果你的開頭寫對了，你大致就能一路把讀者送到家。

樣板寫作的代價和優點

有些寫作者擔心，上述模式會壓抑創意，使讀者感到無趣。這個顧慮是合理的，如果你寫的是文學散文，探索的是你旋即生滅的思想，讓有空閒和耐心的讀者跟著你的念頭峰迴路轉。如果你寫的是那類文章，給那樣的讀者閱讀的話，儘管放手去寫，不要被我在這裡所說的給束縛了。

然而在大多數情況下，大部分讀者都不是為美學的樂趣閱讀，而是為了了解我們需要知道的事。當你在寫作時，若能採取本書中探討的清晰和連貫原則，便能幫助讀者朝這個目標前進。

　　這種形式的寫作可能看起來平板枯燥。對你而言或許如此，因為你會對採取這種模式寫作戰戰兢兢。然而，對於沒有時間閱讀、理解、記憶必要資訊的讀者來說，卻會感激你，而且他們終究比較在意理解你文章裡的重點，而不是去批評它的寫作形式。

Lesson 8

簡潔

> 我盡可能用最少的字表達理念，不但節省讀者的
> 時間，也節省我自己的時間。
>
> ——約翰‧衛斯理（John Wesley）

認識簡潔

當你能將角色和動作與主詞跟動詞配合時；當你把對的角色放進主題中，並強調正確的字詞時；當你能用工整的引言激發讀者的興趣時，你的寫作就接近清晰了。而且當你把段落、章節和整份文件架構起來，使讀者能了解文章整體的連貫性時，就又更接近一步。但是讀者可能還是會認為，你的文章距離優雅還很遠，如果它看起來像這樣：

In my personal opinion, it is necessary that we should not ignore
the opportunity to think over each and every suggestion offered.
（依據我個人的意見，很重要的是我們不應該忽略去思考
每個被提供的建議的機會。）

這位作者使角色等於主詞，動作等於動詞，但是用太多字
了：意見一直是個人的，所以不需要說personal（個人的），
而且因為這段話就是意見，也就不需要in my opinion（依據我
的意見）。Think over（思考）和not ignore（不忽略）兩者都
意味consider（考慮），each and every（每一個）則是贅字。
建議當然是被提供的。用比較少的字表示如下：

✓ We should consider each suggestion.
（我們應該考慮每一個建議。）

雖然還不夠工整或優雅（我會在接下來兩課討論這兩種特
質），但是這個句子至少具備風格最基本的優雅——壓縮，或
者以我們的話說，是簡潔（concision）。

診斷和改寫

簡潔的六個原則

1. 刪除意義不大或毫無意義的字。

2. 刪除重覆其他字詞意義的字。

3. 刪除其他字詞所暗示的字。

4. 用一個單字取代片語。

5. 將負面用語改成正面用語。

6. 刪除無用的形容詞和副詞。

這些原則很容易敘述，但是很難遵守，因為你必須小心謹慎寫每一個句子，修剪這裡，壓縮那裡，這是勞力密集的工作。

1. 刪除意義不大或毫無意義的字

有些字是口頭的抽搐，跟清喉嚨一樣、使用時毫無自覺：

kind of （有點）	actually （事實上）	particular （特別的）	really （真的）	certain （某些）	various （各樣的）
virtually （簡直）	individual （個別的）	basically （基本上）	generally （一般）	given （因為）	practically （實際上）

Productivity **actually** depends on **certain** factors that **basically** involve psychology more than **any particular** technology.

（產能事實上取決於若干基本上包含心理甚於任何特定科技的因素。）

✓ Productivity depends on psychology more than on technology.

（產能取決於心理甚於科技。）

2. 刪除重覆其他字詞意義的字

在英國歷史早期,寫作者習慣將法文或拉丁文與原來的英文字並列,因為外國文字聽起來比較有學問。大多數成組的字今天看來只是贅詞。常見的如下:

full and complete (完全)	hope and trust (盼望)	any and all (所有的)
true and accurate (真確的)	each and every (每一個)	basic and fundamental (基本的)
hope and desire (渴望)	first and foremost (首要的)	various and sundry (各式各樣的)

3. 刪除讀者能夠臆測的字

這類贅詞很常見,但是難以一一指出,因為出現的方式有太多種。

贅字修改詞

通常,一個字的意思會包含其修改詞(粗體字者):

Do not try to *predict* those **future** events that will **completely** *revolutionize* society, because **past** *history* shows that it is the **final** *outcome* of minor events that **unexpectedly** *surprises* us more.

（不要試圖預測那些將完全改革社會的未來事件，因為過去的歷史顯示更常是較次要事件的最後結果出乎預料的使我們驚訝。）

✓ Do not try to predict revolutionary events, because history shows that the outcome of minor events surprises us more.
（不要試圖預測革命性的事件，因為歷史顯示次要事件的結果更常使我們驚訝。）

有些常見的贅詞：

terrible tragedy （可怕的慘劇）	various different （各樣不同的）	free gift （免費的禮物）
basic fundamentals （基本的基礎）	future plans （未來的計畫）	each individual （每一個個人）
final outcome （最後的結果）	true facts （真正的事實）	consensus of opinion （意見的共識）

贅詞分類

每一個字都暗示了它大概的類別，所以你通常可以刪除指出類別的字（用粗體字表示）：

During that *period* **of time**, the *membrane* **area** became *pink* **in color** and *shiny* **in appearance**.

（在那段期間的時間內，薄膜區在顏色上會變成粉紅色，
外觀上會發亮。）

✓ During that *period*, the *membrane* became *pink* and *shiny*.
（在那段期間，薄膜會變成粉紅色並發亮。）

如此一來，你可能必須將形容詞改成副詞：

The holes must be aligned in an *accurate* **manner**.
（這些洞必須用準確的方式排列。）

✓ The holes must be aligned *accurately*.
（這些洞必須準確地排列）

有時候你可以將形容詞改成名詞：

The county manages the *educational* **system** and *public*
recreational **activities**.
（這個縣管理教育系統和公共娛樂活動。）

✓ The county manages *education* and *public recreation*.
（這個縣管理教育和公共娛樂。）

以下這些概括性的名詞（粗體字者）通常會變成贅詞：

large in **size**	round in **shape**	honest in **character**
（大號尺寸）	（圓形形狀）	（品格很誠實）
unusual in **nature**	of a strange **type**	**area** of mathematics
（本質上很少見）	（屬於奇怪的類型）	（數學的領域）
of a bright **color**	at an early **time**	in a confused **state**
（屬於明亮的顏色）	（在較早的時間點）	（在一個混亂的狀態中）

通則性的暗示

這種累贅的用字更難發現，因為可能是極為分散的：

Imagine someone trying to learn the rules for playing the game of chess.

（想像有人試圖學習下圍棋遊戲的規則。）

Learn（學習）暗示著嘗試，下圍棋的遊戲暗示了規則，圍棋本身就是一種遊戲。所以更簡潔的方式可以這樣寫：

Imagine learning the rule of chess.

（想像學習下圍棋的規則。）

4. 用單字取代片語

這種贅詞特別難修改，因為你需要很大的字庫和用字的技巧。舉個例子：

As you carefully read what you have written to improve wording and catch errors of spelling and punctuation, the thing to do before anything else is to see whether you can use sequences of subjects and verbs instead of the same ideas expressed in nouns. （當你仔細閱讀你寫下的內容以改進用字並找出拼字和標點的錯誤，在任何其他步驟之前要做的是，看看你是否能夠使用主詞和動詞序列，而非用名詞表達同樣的概念。）

也就是說：

✓ As you edit, first replace nominalizations with clauses. （在你編輯時，首先將名詞化代換成子句。）

我將五個片語濃縮成五個單字：

carefully read what you have written （仔細閱讀你寫下的內容）	→	edit （編輯）
the thing to do before anything else （在任何其他步驟之前要做的）	→	first （首先）
use X instead of Y （使用 X 而非 Y）	→	replace （代換）
nouns instead of verbs （名詞而非動詞）	→	nominalizations （名詞化）
sequences of subjects and verbs （主詞和動詞序列）	→	clauses （子句）

　　我無法提供原則，告訴你什麼時候該用單字替換片語，更不可能給你那些單字。我只能指出你通常可以這麼做，而且應該隨時注意恰當的時機——意思也就是，試試看。

　　這裡有一些常用的片語（粗體字者）是你應該要小心的。注意其中有一些可以讓你將名詞化轉換成動詞（兩者均用斜體字表示）：

We must explain **the reason for** the *delay* in the meeting.

（我們必須解釋會議延遲的原因。）

✓ We must explain **why** the meeting is *delayed*.

（我們必須解釋為何會議延遲。）

Despite the fact that the data were checked, errors occurred.

（雖然事實上資料已檢查過，但是錯誤仍發生了。）

✓ **Even though** the data were checked, errors occurred.

（即使資料已檢查過，但是錯誤仍發生了。）

In the event that you finish early, contact this office.

（一旦你提早完成的時候，聯絡這間辦公室。）

✓ **If** you finish early, contact this office.

（如果你提早完成，聯絡這間辦公室。）

In a situation where a class closes, you may petition to get in.

（在教室關閉的情形下，你可以請求進入。）

✓ **When** a class closes, you may petition to get in.

（當教室關閉時，你可以請求進入。）

I want to say a few words **concerning the matter of** money.

（關於錢的事我想說一些話。）

✓ I want to say a few words **about** money.

（關於錢我想說一些話。）

There is a need for more careful *inspection* of all welds.

（有需要更仔細檢查所有的焊接點。）

✓ You **must** *inspect* all welds more carefully.

（你必須更仔細檢查所有的焊接點。）

We **are in a position** to make you an offer.

（我們有辦法給你一個條件。）

✓ We **can** make you an offer.

（我們能給你一個條件。）

It is possible that nothing will come of this.

（有可能什麼事都不會發生。）

✓ Nothing **may** come of this.

（可能什麼事都不會有。）

Prior to the *end* of the training, apply for your license.

（在訓練的結尾之前，申請執照。）

✓ **Before** training *ends*, apply for your license.

（在訓練結束前，申請執照。）

We have noted a **decrease/increase** in the number of errors.

（我們注意到錯誤的數量有減少／增加。）

✓ We have noted **fewer/more** errors.

（我們注意到較少／較多的錯誤。）

5. 將否定用語改成肯定用語

　　當你用否定形式表達概念時，不僅需要使用多餘的詞彙：same→ not different（相同→不會不同），也將迫使讀者去做類似代數計算的工作。舉例來說，這兩個句子的意思大同小異，但是肯定式句型更為直接：

Do not write in the negative. → Write in the affirmative.

（不要用否定式寫作。→用肯定式寫作。）

　　大多數的否定式你都可以改寫：

not careful （不小心）	→	careless （輕率）	not many （不多）	→	few （少）
not the same （不一樣）	→	different （不同）	not often （不常）	→	rarely （很少）
not allow （不允許）	→	prevent （阻止）	not stop （不停止）	→	continue （繼續）
not notice （不注意）	→	overlook （忽略）	not include （不包括）	→	omit （省略）

如果你想要強調否定語氣，就不要把否定式改成肯定（Do not translate a negative into an affirmative）。但真有這樣的句子嗎？我可以寫成「當……時候，保留否定句式。」（Keep a negative sentence when...）

有些動詞、介系詞，以及連接詞隱含否定語氣：

動詞	preclude（排除）、prevent（阻止）、lack（缺乏）、fail（失敗）、doubt（懷疑）、reject（拒絕）、avoid（避免）、deny（否認）、refuse（拒絕）、exclude（除外）、contradict（衝突）、prohibit（禁止）、bar（法令禁止）
介系詞	without（沒有……）、against（對……）、lacking（缺少）、but for（若非……）、except（除了……）
連接詞	unless（除非）、except when（……時例外）

如果你將 not 與這些否定字詞結合，可能會讓讀者困惑不已。請比較以下句子：

Except when you have **failed** to submit applications **without** documentation, benefits will **not** be **denied**.

（除非當你沒有文件時沒有成功提出申請，福利金不會被否決。）

✓ You will receive benefits only if you submit your documents.

（你會收到福利金，只要你提出文件。）

✓ To receive benefits, submit your documents.

（要收到福利金，提出你的文件。）

當你明顯或間接地將否定用語和被動式及名詞化結合時，可能會讓讀者一頭霧水：

There should be **no** submission of payments **without** notifications of this office, **unless** the payment does **not** exceed $100.

（沒有這間辦公室的通知，應該不要提出付款，除非金額沒有超過100美元。）

Do not **submit** payments if you have not **notified** this office, unless you are **paying** less than $100.

（不要申請付款，如果你沒有通知這間辦公室，除非你要
付的款項少於100美元。）

現在，將否定式轉換成肯定式：

✓ If you pay more than $100, notify this office first.
（如果你要付超過100美元，先通知這間辦公室。）

6. 刪除形容詞和副詞

很多寫作者無法抗拒添加無用的形容詞和副詞的誘惑。請
試著刪除名詞前的每一個副詞和形容詞，只採用讀者理解段落
所需要的那些字眼。在以下的段落中，哪些字詞可以被回復
呢？

At the heart of the argument culture is our habit of seeing
issues and ideas as ~~absolute and irreconcilable~~ principles
~~continually~~ at war. To move beyond this ~~static and limiting~~
view, we can remember the ~~Chinese~~ approach to yin and yang.
They are two principles, yes, but they are conceived not as
~~irreconcilable polar~~ opposites but as elements that coexist
and should be brought into balance ~~as much as possible~~. As
sociolinguist Suzanne Wong Scollon notes, "Yin is always
present in and changing into yang and vice versa." How can
we translate this ~~abstract~~ idea into ~~daily~~ practice?

（在爭論文化的中心是我們習慣將議題和概念看成~~絕對與~~ ~~無法和解的~~不斷對立的原則。為了超越這種~~靜止和有限的~~ 視野，我們可以記得~~中國人對~~陰陽的角度。這是兩種原 則，沒錯，但是並沒有被理解~~為無法和解的~~極端相反，而 是看成共存的元素，應該被~~儘可能~~達成平衡。社會學家蘇 珊・汪・史考倫（Suzanne Wong Scollon）提醒：「陰永遠 存在於並且轉變成陽，反之亦然。」我們要如何將這個抽 ~~象的~~概念轉換為~~日常的~~實踐呢？）

——黛博拉・泰能（Deborah Tannen），
《爭論文化》（*The Argument Culture*）

✎ 寫作重點

當你用剛好足夠的字詞來表達意念時，讀者會認為你的寫
作很簡潔。

1. 刪除意義不大或毫無意義的字。
2. 刪除在意義上與其他字詞重覆的字。
3. 刪除其他字詞中已暗示的字。
4. 用單字取代片語。
5. 將否定式改成肯定。
6. 刪除無用的形容詞及副詞。

累贅的後設論述

在第三課曾提及的後設論述,是指以下意思的語言:

- 作者的意圖:總結來說(to sum up)、不偏不倚的(candidly)、我相信(I believe)。
- 對讀者的指示:注意(note that)、考慮一下(consider now)、你知道(as you see)。
- 文章的結構:首先(first)、其次(second)、最後(finally)、因此(therefore)、然而(however)。

你寫的每篇文章都需要後設論述,但若使用太多,則會淹沒你的概念:

The last point I would like to make is that in regard to men-women relationships, it is important to keep in mind that the greatest changes have occurred in how they work together.
(我最後想提出的重點是,關於男女關係,很重要的是記住最大的改變已經發生在他們共同合作之中了。)

在這段三十四個字的段落中,只有九個字談到男女關係:

men-women relationships... greatest changes... how they work together.
(男女關係……最大的改變……他們共同合作)

其他都是後設論述。當我們修剪這些後設論述語，就能讓句子更顯扎實：

The greatest changes in men-women relationships have occurred in how they work together.

（男女關係最大的改變已經發生在他們共同合作之中了。）

現在，我們知道句子要表達的意思，就能夠讓句子變得更直接：

✓ Men and women have changed their relationships most in how they work together.

（男人女人已經透過共同合作大大改變他們的關係了。）

各領域的寫作者如何使用後設論述方式不一，但是通常能歸為兩類：

1. 將你的概念導向來源的後設論述

不要宣稱某事物已經被observed（觀察到）、noticed（看到）、noted（注意到）等等，只要講出事實：

High divorce rates **have been observed** to occur in areas that **have been determined to have** low population density.

（高離婚率已經被觀察到發生在決定要有低人口密度的地區。）

✓ High divorce rates occur in areas with low population density.

（高離婚率發生在低人口密度的地區。）

2. 宣布你的主題的後設論述

粗體字的片語能告訴讀者，你的句子「關於」什麼：

This section introduces another problem, that of noise pollution. **The first thing to say about it is** that noise pollution exists not only...

（這一段介紹另一個問題，就是噪音汙染。關於此問題第一件要說的事是，噪音汙染的存在不只……）

如果你減少後設論述，讀者會更容易掌握主題：

✓ **Another** problem is noise pollution. **First**, it exists not only...

（另一個問題是噪音汙染。首先，它的存在不只……）

另外兩個使讀者注意到主題的結構，通常該主題已經在文章中提過：

In regard to a vigorous style, the most important feature is a short, concrete subject followed by a forceful verb.

（關於有力的風格，最重要的特徵是簡短、具體的主詞，接著一個強有力的動詞。）

So far as China's industrial development is concerned, it has long surpassed that of Japan.

（關於中國的工業發展，已經超越日本許久了。）

但是通常你可以把這些主題放進主詞中：

✓ The most important feature of a vigorous style is a short, concrete subject followed by a forceful verb.

（有力的風格最重要的特徵是簡短、具體的主詞，接著一個強有力的動詞。）

✓ China has long surpassed Japan's industrial development.

（中國已經超越日本的工業發展許久了。）

使語意模糊或加強語氣

另一種後設論述反映作者對於所談的主題的確信度。這種論述會以兩種方式呈現：**模稜兩可**及**加強語氣**。模稜兩可的用語會限制你的確定度，加強語氣詞則是會增加確信度。兩者都會影響讀者對你的主角的評斷，因為這些用語顯示了你如何在謹慎與自信之間取得平衡。

模稜兩可

以下是常用的含糊語氣詞：

副詞	usually（通常）、often（常常）、sometimes（有時）、almost（近乎）、virtually（幾乎）、possibly（可能）、allegedly（據說）、arguably（可以認為）、perhaps（也許）、apparently（顯然）、in some ways（從某些方面）、to a certain extent（某個程度上）、somewhat（有些）、in some/certain respects（在某些方面）
形容詞	most（大部分）、many（很多）、some（有些）、a certain number of（有一些）
動詞	may（可能）、might（也許）、can（會）、could（可能會）、seem（似乎）、tend（傾向）、appear（看來）、suggest（暗示）、indicate（顯示）

太多含糊其詞可能令人感覺拐彎抹角，如這句：

There **seems to be some** evidence to **suggest** that certain differences between Japanese and Western rhetoric **could** derive from historical influences **possibly** traceable to Japan's cultural isolation and Europe's history of cross-cultural contacts.

（似乎有些證據暗示日本和西方修辭中的某些差異可能源自歷史的影響，可能可以追溯到日本的文化孤立以及歐洲跨文化接觸的歷史。）

另一方面，只有笨蛋或是擁有大量歷史證據的人才會提出下述這麼直白的斷言：

This evidence **proves** that Japanese and Western rhetorics differ because of Japan's cultural isolation and Europe's history of cross-cultural contacts.
（這份證據顯示日本和西方修辭的差異來自日本文化上的孤立以及歐洲跨文化接觸的歷史。）

在大多數的學術寫作上，我們更常提出更接近於此的看法（In most academic writing, we more often state claims closer to this. 注意我的含糊其詞；更肯定的說法是：In academic writing, we state claims like this〔在學術寫作上，我們提出像這樣的主張。〕）：

✓ This evidence **suggests** that **aspects** of Japanese and Western rhetorics differ because of Japan's cultural isolation and Europe's history of cross-cultural contacts.
（這份證據暗示日本和西方修辭差異的方面來自日本文化上的孤立以及歐洲跨文化接觸的歷史。）

動詞suggest（暗示）和indicate（顯示）使你有足夠的自信，陳述一項自己並沒有百分之百把握的主張：

✓ The evidence **indicates** that some of these questions remain unresolved.

（這項證據顯示這些問題其中某些仍懸而未決。）

✓ These data **suggest** that further studies are necessary.

（這些資料暗示未來的研究是必要的。）

即使是自信的科學家也會模稜兩可。下一段文字介紹的是在遺傳史上最重大的突破，發現DNA的成對螺旋體。如果有人有權利發出肯定言論，那絕對非科理克（F.H.C. Crick）和華森（J.D. Waston）莫屬了。但是他們選擇採用不同做法（請同時注意第一人稱we；含糊其辭者以粗體字表示）：

We **wish to suggest a** [not *the*] structure for the salt of deoxyribose nucleic acid (D.N.A.)... A structure for nucleic acid has already been proposed by Pauling and Corey... **In our opinion**, this structure is unsatisfactory for two reasons: (1) **We believe** that the material which gives the X-ray diagrams is the salt, not the free acid... (2) **Some** of the van der Waals distances **appear** to be too small.

（我們想要提出一種〔不是這種〕去氧核醣核酸的鹽結構（D.N.A.）……這一種核酸結構已經由實林（Pauling）和柯瑞（Corey）所提出……我們的看法是，這種結構不夠

令人滿意，原因有二：（一）我們相信給出 X 光圖表的物質是鹽，不是自由酸⋯⋯（二）有些凡德瓦斯（van der Waals）距離看起來似乎太小了。）

——華森（J. D. Watson）和科理克（F.H.C. Crick）
「核酸的分子結構」（Molecular Structure of Nucleic Acids）

加強語氣

常見的加強語氣詞：

副詞	very（非常）、pretty（很）、quite（相當）、rather（有點）、clearly（清楚地）、obviously（顯然）、undoubtedly（無疑地）、certainly（當然）、of course（當然）、indeed（實在）、inevitably（不可避免地）、invariably（不變地）、always（總是）
形容詞	key（關鍵的）、central（核心的）、crucial（至關重要的）、basic（基本的）、fundamental（基礎的）、major（主要的）、principal（主要的）、essential（絕對重要的）
動詞	show（顯示）、prove（證明）、establish（確立）、as you/we/everyone knows/can see（如你／我們／每個人所知／明白的）、it is clear/obvious that（很清楚／明顯的）

　　最常見的加強語氣是不存在模稜兩可的用語。在這種情況下，少就是多。以下第一個句子在空格裡沒有加強語氣詞，但是也沒有任何含糊其詞，因此看來像是一個強有力的宣言：

　　_____ Americans believe that the federal government is _____ intrusive and _____ authoritarian.
　　（_____ 美國人相信聯邦政府是侵入式的和 _____ 獨裁的。）

✓ **Many** Americans believe that the federal government is **often** intrusive and **increasingly** authoritarian.
（很多美國人相信聯邦政府通常是侵入式和愈來愈獨裁的。）

　　有自信的寫作者較少使用加強語氣，反而較常使用模稜兩可的表達，因為他們要避免讀起來像以下段落那麼肯定：

For a century now, **all** liberals have argued against **any** censorship of art, and **every** court has found their arguments so **completely** persuasive that **not a** person **any** longer remembers how they were countered. As a result, today, censorship is **totally** a thing of the past.

（一個世紀以來，所有自由主義者都對任何的藝術審查提

出反論，而且每一個法庭都認為他們的論點十分完整地具有說服力，以至於沒有一個人能再記得這些論點如何被反駁。其結果是，今天審查制度已經完全成為昨日遺跡。）

有些作者認為較激進的風格很有說服力。正好相反：如果你含蓄地陳述一個主張，讀者更可能加以透澈的思考：

For **about** a century now, **many** liberals have argued against censorship of art, and **most** courts have found their arguments persuasive **enough** that **few** people **may** remember **exactly** how they were countered. As a result, today, censorship is **virtually** a thing of the past.

（大約一個世紀以來，許多自由主義者都對藝術審查提出反論，而且多數法庭都認為他們的論點具有足夠說服力，以至於很少人可能還確切記得這些論點如何被反駁。其結果是，今天審查制度幾乎已成為昨日遺跡。）

有些人認為，一個段落中有那麼多模稜兩可的說法，是累贅而且無力的。也許是。但是它不會像一台推土機一樣拔山倒樹而來，反而能夠預留空間給那些理性思考過的、同等含蓄的回應。

✎ 寫作重點

你所寫的文字都需要一些後設論述，特別是能引導讀者閱讀你的文章的用語，像是first（首先）、second（其次）、therefore（因此）、on the other hand（另一方面）等等。你也需要一些後設論述，能為你的確定性增加一點模糊空間，例如：perhaps（也許）、seems（似乎）、could（可能）等等，但要避免過度使用。

Lesson **9**

形式

　　句子的風格千變萬化，從簡單到複雜，這種變化
不一定反映在長度上：長的句子有可能在結構上極為
簡單——若要輕易便能傳達意思，確實必須要很簡
單。

——賀伯特爵士（Sir Herbert）

了解句子的形式

　　如果你可以寫出清晰和簡潔的句子，那已經很不容易了。
但是寫作者倘若不能寫超過二十個字的清晰句子，就像作曲家
只會寫廣告歌一樣。有些人不贊成寫長句，但若只寫短句，就
無法清楚傳達較為複雜的概念。你必須知道如何寫作長而清楚
的句子。

比如說，想一想下列這個句子：

In addition to differences in religion that have for centuries plagued Sunnis and Shiites, explanations of the causes of their distrust must include all of the other social, economic, and cultural conflicts that have plagued them that are rooted in a troubled history that extends 1,300 years into the past.

（除了宗教差異幾世紀以來折磨著遜尼教派和什葉派，他們互不信任的原因也必須包含所有其他困擾著他們的社會、經濟和文化衝突，根源於深入過去一千三百年來混亂的歷史。）

就算你的想法需要這麼多字（其實不用），也可以組織成形式比較像樣的句子。

修改時，可以先從「將抽象名詞改為角色／主詞，動作改為動詞」入手，然後將句子分解為幾個較短的句子。

Historians have tried to explain why Sunnis and Shiites distrust one another today. Many have claimed that the sources of conflict are age-old differences in religion. But they must also consider all the other social, economic, and cultural conflicts that have plagued their 1,300 years of troubled history.

（歷史學家試圖解釋遜尼教派和什葉派今天互不信任的原

因。很多人認為衝突的根源是自古以來的宗教差異。但是他們也必須考量所有其他困擾著他們一千三百年來混亂歷史的社會、經濟和文化上的衝突。）

但是這個段落感覺有點瑣碎。我們較喜歡下述這樣的段落：

✓ To explain why Sunnis and Shiites distrust one another today, historians must study not only age-old religious differences but all the other social, economic, and cultural conflicts that have plagued their 1,300 years of troubled history.
（為了解釋遜尼教派和什葉派今天互不信任的原因，歷史學家必須不只研究自古以來的宗教差異，還有其他困擾著他們一千三百年來混亂歷史的社會、經濟和文化上的衝突。）

這個句子有三十六個字，但是不會拖泥帶水。因此，一個句子是否漂亮，不能光由長度決定。在這一課裡，我會深入討論如何將長而複雜的句子寫成清晰又有型的方法。

診斷和修改：拖泥帶水

如同其他形式上的問題，你會比較容易發現別人寫作雜亂

無章，而較難看到自己也有同樣的毛病。所以你必須用方法診斷你的散文，以避開難纏的主觀。

　　一開始，找出多於兩行的句子，朗讀出來。如果在讀其中一句的時候，感覺在能停下來將表達單一概念結構的所有部分整合起來的分段前〔呼吸〕上氣不接下氣，你就找到一個句子，像這句一樣，是你的讀者可能希望你修改的。或者如果你的句子因為有太多中斷，好像走走停停，那麼你的讀者，如果是典型的讀者，應該會認為你的句子，就像這句一樣，從一個部分跟蹌到另外一部分。

　　讀者會從三個方面感受到不勻稱的句子長度：

- 在主要子句中，讀者必須等很久才看到動詞。
- 在動詞之後，讀者必須蹣跚穿越一堆增加的附屬子句。
- 太多中斷句，使得讀者閱讀時走走停停。

修改較長的開頭

　　有些句子看起來永遠都還沒開始：

1a. Since most undergraduate students change their fields of study at least once during their college careers, many more than once, first-year students who are not certain about their program of studies should not load up their schedules to meet requirements for a particular program.

（因為大部分大學生在學校的過程裡至少會改變研究領域一次，很多人大於一次，新鮮人還不確定研究學程時不應該把課表排滿某一個學程要求的科目。）

這個句子用了三十一個字才到達主要動詞 should not load up（不應該排滿）。此處有兩個寫作句子開頭的通則：第一、**盡快引入主要子句的主詞**。第二、**盡快引入動詞和受詞**。

通則1：盡快引入主要子句的主詞

我們很難閱讀用太長的前導片語或子句開頭的句子，因為閱讀時必須一直記得主要子句的主詞和動詞還沒出現，如此會造成記憶上的負荷，阻礙對句子的理解。因此，請避免用冗長的前導片語和子句當作句子的開頭。

比較以下兩個例子。在（1b）句中，我們必須閱讀且了解十七個字，才看到主要的主詞和動詞。在（1c）句中，我們只讀了六個字，就看到第一個子句裡的主詞和動詞：

1b. **Since most undergraduate students change their major fields of study at least once during their college careers**, *first-year students* who are not certain about the program of studies they want to pursue SHOULD NOT LOAD UP their schedules to meet requirements for a particular program.

（因為大部分大學生在學校的過程裡會改變主修領域至少
一次，所以還不確定想研究的學程的新鮮人不應該把課表
排滿某一個學程要求的科目。）

✓ 1c. *First-year students* **SHOULD NOT LOAD UP** their
schedules with requirements for a particular program if they
are not certain about the program of studies they want to
pursue, because most change their major fields at least once
during their college careers.

（新鮮人不應該把課表排滿某一個學程要求的科目，在他
們還不確定想要研究的學程時，因為大部分大學生在學校
的過程裡會改變主修領域至少一次。）

當你發現一個句子的開頭子句很長時，請嘗試將它移到句
尾。如果還不是正確的位置，就設法把它改成獨立的句子。

然而，英文寫作方式裡有一個事實是，用if、since、
when、although等字開頭的句子常出現在主要子句之前，而非
之後。所以如果你無法避免用附屬子句開頭，那就要盡量寫得
簡短。

例外情況：在所謂「完整句」或「中止句」的寫作形式
中，寫作者會故意堆疊前導的附屬子句，以延遲並藉此加強主
要子句結論的力度：

When a society spends more on its pets than it does on its homeless, when it rewards those who hit a ball the farthest more highly than those who care most deeply for its neediest, when it takes more interest in the juvenile behavior of its richest children than in the deficient education of its poorest, it has lost its moral center.

（當一個社會花在寵物上的金錢多於救濟無家可歸的人，當它獎勵把球打得最遠的人高於獎勵對有需要的人關懷最深的人，當它對於最富裕兒童孩子氣行為的興趣更勝於對最貧窮兒童缺乏教育的關注，這個社會已經失去了道德的重心。）

如果你用得謹慎，這種句子可以產生很戲劇性的影響，特別是適當強調最後一個子句的最後幾個字時。我們會在第十課深入討論這個主題。

通則2：盡快引入動詞和受詞

讀者也想要通過主要的主詞，到達動詞和受詞。因此，

- 避免長而抽象的主詞。
- 避免中斷主詞與動詞的連結。
- 避免中斷動詞與受詞的連結。

避免長而抽象的主詞

先把整個主詞劃底線。如果你發現主詞過長（超過七、八個字）包括名詞化，試著把名詞化轉變成動詞，並為它找一個主詞：

Abco Inc.'s *understanding* **of the drivers of its profitability in the Asian market for small electronics** helped it pursue opportunities in Africa.

（Abco公司對於駕駛人在亞洲小型電子市場可獲益性的了解幫助它成功抓住在非洲的機會。）

✓ **Abco Inc.** was able to pursue opportunities in Africa because it UNDERSTOOD what drove profitability in the Asian market for small electronics.

（Abco公司能夠抓住在非洲的機會，因為它了解驅動亞洲小型電子市場可獲益性的原因。）

主詞如果包含較長的關係子句時，就可能顯得冗長：

A company **that focuses on hiring the best personnel and then trains them not just for the work they are hired to do but for higher-level jobs** is likely to earn the loyalty of its employees.

（一間公司致力於網羅最高級人力並訓練他們不是只做被僱用範圍的工作而是更高階層的工作，這樣很可能贏得員工的忠誠。）

試著把關係子句改寫成前導的附屬子句，用when或if開頭：

When a company focuses on hiring the best personnel and then trains them not just for the work they are hired to do but for higher-level jobs, it is likely to earn the loyalty of its employees.

（當一家公司致力於網羅最高級人力並訓練他們不是只做被僱用範圍的工作而是更高階層的工作，這樣的公司很可能贏得員工的忠誠。）

但是如果前導子句像上面這句一樣長，試試將它移到句尾，特別是當（1）主要子句比較短而且表達句子主題時，以及（2）可移動的子句表達的是較新和較複雜的資訊，用以支持或進一步說明主要子句。

✓ A company is likely to earn the loyalty of its employees **when it focuses on hiring the best personnel and then trains them not just for the work they are hired to do but for higher-level jobs.**

（一家公司可能贏得員工的忠誠，如果它致力於網羅最高
級人力並訓練他們不是只做被僱用範圍的工作而是更高階
層的工作。）

或者，也許更好的寫法，是將子句變成獨立的句子。

✓ Some companies focus on hiring the best personnel and then
train them not just for the work they are hired to do but for
higher-level jobs. **Such companies are likely to earn the
loyalty of their employees.**

（有些公司致力於網羅最高級人力並訓練他們不是只做被
僱用範圍的工作而是更高階層的工作。這樣的公司很可能
贏得員工的忠誠。）

避免中斷主詞與動詞的連結

如果你中斷主詞和動詞的連結，可能會使讀者感到挫折，
例如這句：

Some scientists, **because they write in a style that is
impersonal and objective**, do not easily communicate with
lay people.

（有些科學家，因為他們用非個人化和客觀的風格寫作，
不太容易與外行的人溝通。）

那是因為主詞之後的子句迫使我們停住腦中的呼吸，直到找到動詞 do not easily communicate 為止。因此，依據造成中斷的部分與前文或後文何者連結更緊密，將它移到句子的開頭或是結尾（注意使用 since 而不用 because）：

✓ Since some scientists write in a style that is impersonal and objective, they do **not easily communicate with laypeople. This lack of communication** damages...

（有些科學家是以非個人化和客觀的風格寫作，他們不太容易與外行的人溝通。這種缺乏溝通損害了……）

✓ Some scientists do not easily communicate with laypeople because they write in **a style that is impersonal and objective. It is a kind of style** filled with passives and...

（有些科學家不太容易與外行的人溝通，因為他們是以非個人化和客觀的風格寫作。這種風格充滿被動語氣和……）

我們通常不在意較短的中斷：

✓ Some scientists **deliberately** write in a style that is impersonal and objective.

（有些科學家刻意以非個人化和客觀的風格寫作。）

避免中斷動詞與受詞的連結

我們也喜歡看到動詞後馬上緊接受詞。以下這一句卻不能滿足我們的期望：

We must develop, **if we are to become competitive with other companies in our region,** a core of knowledge regarding the state of the art in effective industrial organizations.

（我們必須發展，如果要對我們這區域的其他公司有競爭力，關於最先進有效企業組織的核心知識。）

把中斷的元素移到句首或句尾，乃是依據接下來出現的內容決定：

✓ **If we are to compete with other companies in our region,** we must develop a core of knowledge about the state of the art in effective industrial organizations. Such organizations provide...

（如果我們要與這個區域的其他公司競爭，必須發展關於最先進有效企業組織的核心知識。這些組織提供……）

✓ We must develop a core of knowledge about the state of the art in effective industrial organizations **if we are to compete with other companies in our region.** Increasing competition...

（我們必須發展關於最先進有效企業組織的核心知識，如果我們要與這個區域的其他公司競爭。競爭越來越多……）

例外情況：如果一個可以移動的介系詞片語比長的受詞還短，試著將此片語置於動詞和受詞之間：

In a long sentence, put the newest and most important information that you want your reader to remember **at its end**.
（在一個長句中，將你想要讀者記住的最新和最重要的資訊放在句尾。）

✓ In a long sentence, put **at its end** the newest and most important information that you want your reader to remember.
（在一個長句中，在句尾放你想要讀者記住的最新和最重要的資訊。）

✎ **寫作重點**

當你讓讀者很快讀到主要句子的主詞，與主詞之後的動詞加受詞，他們的閱讀就會很輕鬆。避免冗長的前導片語和子句、很長的主詞，以及中斷主詞和動詞，與動詞和受詞之間的連結。

另一項原則：以你的觀點做為開始

我們可以增加另一項原則，特別適用於較長的文句。比較以下兩者：

High-deductible health plans and Health Saving Accounts into which workers and their employers make tax-deductible deposits result in workers taking more responsibility for their health care.
（高可扣除健康保險及健康儲蓄帳戶可讓員工及雇主存入免稅額，促使員工為自己的健康照護負起更多責任。）

✓ Workers take more responsibility for their health care when they adopt high-deductible health plans and Health Saving Accounts into which they and their employers deposit tax-deductible contributions.
（員工會為自己的健康照護負起更多責任，當他們接受讓員工及雇主存入免稅額的高可扣除健康保險及健康儲蓄帳戶。）

第二句不像第一句那麼累贅，且遵循了我們之前提及的原則：不用冗長而抽象的主詞開頭，而是用讀者較熟悉的簡短、具體的主詞，後面直接是動詞，表達特定的行動：Workers take...（員工會負起……）。

但是還有另一方面的不同。在第一句中，我們必須讀過二十個字，才能明白這些字和主要論點的關係，也就是最重要的訴求：員工為自己的健康照護負起更多責任（workers' taking more responsibility for their health care）。第一句感覺很笨拙，我們無法從一開始就看出重點，直到讀到最後。

> High-deductible health plans and Health Saving Accounts into which workers and their employers make tax-deductible deposits _{explanation/support} result in workers' taking more responsibility for their health care _{point}.
> （高可扣除健康保險及健康儲蓄帳戶可讓員工及雇主存入免稅額_{說明／支持}，促使員工為自己的健康照護負起更多責任_{重點}。）

相反的，第二句一開始就是八個字的主要子句，清楚扼要說出最大的重點：

> ✓ Workers take more responsibility for their health care _{point} when they adopt high-deductible health plans and Health Saving Accounts into which they and their employers deposit tax-deductible contributions _{explanation/support}.
> （員工會為自己的健康照護負起更多責任_{重點}，當他們接受讓員工及雇主存入免稅額的高可扣除健康保險及健康儲蓄帳戶_{說明／支持}。）

當我們先讀到句子的重點,就能預期接下來十九個字的相關性,**即使在還沒有讀到之前**。

關於閱讀,有一個通用的法則:當我們在句子一開始就用簡單直接的語言架構之後更複雜的資訊內容時,最能有效處理句子的複雜性。我們已經看過這個原則如何適用於個別的主詞和動詞。但是它也適用於一個長句中的**邏輯的**成分,及其重點與說明或輔助性的資訊。當一個要點被草草交代或延遲出現時,我們必須加以重新建構,然後在大腦中將句子重組為符合邏輯的各部分。從一開始就清楚陳述的重點,能提供讀者背景脈絡,可以了解接下來要談的複雜內容。

在診斷一個長句時,先找到它的重點,也就是你想要讀者快速掌握的關鍵訴求。如果你發現它出現在句子中間或結尾處,就修改吧:用簡短、簡單的主要句子在一開始就說出來,然後再增加較長、較複雜的輔助性或說明的資訊。(但是,有一個競爭性原則,請參見第十課。)

事實上,這條「先簡單後複雜」的法則適用於更大的寫作單位:

- 用一個(或兩個)表達重點的句子展開一個段落,讓讀者可以明白接下來的內容(請參見第七課)。
- 要開始寫一份文件的某個單元,先用一個(或兩個)段落陳述重點(請參見第七課)。

- 整份文件都使用同樣的原則：一開始先寫介紹性的前言點出重點，框限其餘內容的架構（請參見第六課）。

句子、段落、單元或整篇文章——你一開始如何迅速、簡潔、有效的寫作，會決定你的讀者是否能夠輕鬆理解接下來的內容。

改寫冗長的文章

當我們先看到一個句子的重點，就能夠匍匐行過後面可能出現不管多拖泥帶水的文字。但是當然我們不希望如此。以下文字，是以清楚陳述的重點開頭，但是之後蔓延成共有四個說明性的一串附屬子句：

No scientific advance is more exciting than genetic engineering $_{point}$,which is a new way of manipulating the elemental structural units of life itself, which are the genes and chromosomes that tell our cells how to reproduce to become the parts that constitute our bodies $_{explanation}$.

（沒有比基因工程更令人興奮的科學進展了$_{重點}$，這是操控生命本身基本結構單位的新方法，就是基因和染色體，它們告訴我們的細胞如何再造所有部分以組成我們的身體$_{說明}$。）

用圖形解釋，會像這樣：

No scientific advance is more exciting than genetic engineering,
〔重點和主詞—動詞核心〕
（沒有比基因工程更令人興奮的科學進展了）

　　which is a new way of manipulating the elemental structural
　　units of life itself,〔附加的關係子句〕
　　（這是操控生命本身基本結構單位的新方法）

　　　　which are the genes and chromosomes〔附加的關係子句〕
　　　　（就是基因和染色體）

　　　　　　that tell our cells how to reproduce to become the parts
　　　　　　〔附加的關係子句〕
　　　　　　（它們告訴我們的細胞如何再造所有部分）

　　　　　　　　that constitute our bodies〔最後一個附加的關係
　　　　　　　　子句〕
　　　　　　　　（以組成我們的身體）

　　不妨找一個人來讀你的文章，以診斷這個問題。如果那個人遲疑了，讀不懂某些字，或在讀到句尾前已經喘不過氣了，那麼你的讀者也會一樣。你可以用四個方式加以修改：

1. 修剪

刪除句中的關係子句，如who/that/which + is/was等等。

✓ Of the many areas of science important to our future, few are more promising than genetic engineering, ~~which is~~ a new way of manipulating the elemental structural units of life itself, ~~which are~~ the genes and chromosomes that tell our cells how to reproduce to become the parts that constitute our bodies.

（在對人類未來至關重要的許多科學領域中，很少有比基因工程更有前景的，這個操控生命本身基本結構單位的新方法，也就是基因和染色體，它們告訴細胞如何再造所有的部分以構成人類的身體。）

有時候，你必須把關係子句中的動詞改成-ing的形式：

The day is coming when we will all have numbers **that will identify** our financial transactions so that the IRS can monitor all activities **that involve** economic exchange.

（這個日子快要到了，我們全都會有號碼能辨識我們的財務交易，所以國稅局可以監控所有與經濟行為相關的活動。）

✓ The day is coming when we will all have numbers ~~that will~~ **identifying** our financial transactions so that the IRS can monitor all activities ~~that~~ **involving** economic exchange.

2. 把附屬子句改成獨立句

✓ Many areas of science are important to our future, but few are more promising than genetic engineering. **It is a new way of manipulating the elemental structural units of life itself, the genes and chromosomes that tell our cells how to reproduce to become the parts that constitute our bodies.**

（許多科學領域對人類未來至關重要，但是很少有比基因工程更有前景的。這是一種操控生命本身基本結構單位的新方法，也就是基因和染色體，它們告訴細胞如何再造所有部分以構成人類的身體。）

3. 將子句改成修飾性片語

你可以寫很長的句子，卻同時避免拖泥帶水，如果你把關係子句改成以下三種修飾性片語：**概括修飾語、統合修飾語**，或是**自由修飾語**。你或許從未聽過這些名詞，但是它們所指的寫作風格技巧卻是你毫不陌生的，所以應該知道如何運用。

概括修飾語

以下兩例分別是一個關係子句和一個概括性的修飾語
（resumptive modifiers）：

Since mature writers often use resumptive modifiers to extend a line of thought, we need a word to name what I have not done in this sentence, **which I could have ended at that comma but extended to show you a relative clause attached to a noun.**

（由於成熟的寫作者經常使用概括性修飾語以延伸思路，我們需要一個字來指明我在這個句子裡還沒有做的事，我本來可以在逗點之後就結束，但卻將它延伸好讓你明白附加在名詞之後的關係子句的寫法。）

✓ Since mature writers often use resumptive modifiers to extend a line of thought, we need a word to name what I am about to do in this sentence, **a sentence that I could have ended at that comma, but extended to show you how resumptive modifiers work.**

（由於成熟的寫作者經常使用概括性修飾語以延伸思路，我們需要一個字來指明我在這個句子裡將要做的事，我本來可以在逗點後就結束這個句子，但是卻加以延伸好讓你了解概括性修飾語的用法。）

　　粗體字的概括性修飾語重覆了一個關鍵字：sentence，然後繼續開展。要寫出一個概括性修飾語，請先找出附加子句之前最近的關鍵名詞，在名詞後用逗點分隔，重複此名詞，接著加上一個以that開頭、限定的關係子句：

Since mature writers often use resumptive modifiers to extend a line of thought, we need a word to name what I am about to do in this sentence,

<u>a sentence</u>

that I could have ended at that comma, but extended to show you how resumptive modifiers work.

（由於成熟的寫作者經常使用概括性修飾語以延伸思路，我們需要一個字來指明我在這個句子裡將要做的事，這個句子我本來可以在逗點後就結束，但是卻加以延伸好讓你了解概括性修飾語的用法。）

　　你也可以用一個形容詞或動詞接著寫。那樣的話，不需要加上關係子句；你只要重覆形容詞或動詞，然後繼續。

✓ It was American writers who found a voice that was both **true** and **lyrical**,

true to the rhythms of the working man's speech and **lyrical** in its celebration of his labor.

（美國作家找到一個真實和抒情的聲音，真實於勞工語言
的韻律，且在慶讚其勞動上十分感性。）

✓ All who value independence should **resist** the trivialization of
government regulation,
resist its obsession with administrative tidiness and compulsion
to arrange things not for our convenience but for theris.
（所有珍惜獨立的人應該抵抗政府規章的瑣碎，抵抗其對
於行政便捷的執迷，以及不為我們方便只便於他們自己處
理事務的強制性。）

有時候，你可以用 one that 創造概括性修飾語：

✓ I now address a problem we have wholly ignored, **one that**
has plagued societies that sell their natural resources to benefit
a few today rather than using them to develop new resources
that benefit everyone tomorrow.
（我現在要談一個我們完全忽略的問題，這問題困擾一些
社會，在其中今日只為少數人利益出售自己的天然資源，
而非將之利用在發展明日可造福所有人的新資源。）

統合修飾語

以下兩句分別是關係子句和統合修飾語（summative

modifiers）。請注意，第一個句子裡的which有附加的感覺：

> Economic changes have reduced Russian population growth to less than zero, **which will have serious social implications**.
> （經濟上的變化已使俄國的人口成長低於零〔負成長〕，這會有嚴肅的社會意涵。）

✓ Economic changes have reduced Russian population growth to less than zero, **a demographic event that will have serious social implications**.
（經濟上的變化已使俄國的人口成長低於零〔負成長〕，這個人口統計上的變化會有嚴肅的社會意涵。）

為了寫作統合修飾語，用逗號將句子中文法上完整的區塊分段，加上一個詞總括句子到此為止的意思，然後用that 開頭的限定關係子句繼續往下寫：

> Economic changes have reduced Russian population growth to less than zero,
>
> a demographic event
>
> **that will have serious social implications.**
>
> （經濟上的變化已使俄國的人口成長低於零〔負成長〕，這個人口統計上的變化會有嚴肅的社會意涵。）

　　統合修飾語和概括性修飾語一樣：讓你將子句導入完結，然後開始新句子。

自由修飾語

　　就像其他修飾語一樣，自由修飾語（free modifiers）可以出現在子句結尾，但是它不重覆某個關鍵詞，也不總結之前的內容，而是對距離最近的動詞的主詞加以評論：

✓ Free modifiers resemble resumptive and summative modifiers, *letting* **you** [ie., the free modifier lets you] **extend the line of a sentence while avoiding a train of ungainly phrases and clauses.**

（自由修飾語類似概括修飾語和統合修飾語，讓你〔自由修飾語讓你〕延伸一個句子的行文同時避免一長串不恰當的片語和子句。）

　　自由修飾語通常以現在分詞（-ing）開頭，與上句一樣，但也可以用動詞的過去分詞開頭，比如以下這句：

✓ Leonardo da Vinci was a man of powerful intellect,
driven **by** [ie., Leonardo was driven by] **an insatiable curiosity**
and
haunted **by a vision of artistic perfection**.

（李奧納多‧達文西是一位具有超強智慧的人，被無窮的好奇心驅使並執著於藝術性完美的視野。）

一個自由修飾語也可以用形容詞開頭：

✓ In 1939, we began to assist the British against Germany, *aware* [ie., we were aware] **that we faced another world war**.
（在 1939 年，我們開始協助英國對抗德國，知道〔我們知道〕我們面臨了另一次世界大戰。）

我們稱這些修飾語是**自由**的，因為可以用它寫句子的開頭，也可以寫結尾：

✓ **Driven by an insatiable curiosity**, Leonardo da Vinci was...
（受到無窮好奇心的驅使，李奧納多‧達文西……）

✓ **Aware that we faced another world war,** in 1939 we began...
（知道我們面臨另一次世界大戰，我們在 1939 年開始……）

✎ 寫作重點

當你必須寫長句時，不要只是把一個片語或子句任意加在另外一個片語或子句後面。特別要避免把關係子句附加在另一個關係子句再加另一個關係子句。可試著用概括修飾語、統合修飾語，以及自由修飾語來延長句子。

4. 對等句

對等性是優美行文的基礎。要寫好的對等句,會比寫好的修飾語更難,但若寫得好,對於讀者是更賞心悅目。比較以下兩段;第一段是我的版本,原文在第二段:

The aspiring artist may find that even a minor, unfinished work which was botched may be an instructive model for how things should be done, while for the amateur spectator, such works are the daily fare which may provide good, honest nourishment, which can lead to an appreciation of deeper pleasures that are also more refined.

(立志成為藝術家的人可能覺得就連一個次要的、未完成的作品,經過拼湊修補也可以成為有啟發性的範本,顯示事情該如何做的方式,但是對於業餘的旁觀者,這類作品是日常的飲食,可能提供很好的、實在的養分,可以帶領你欣賞更深的樂趣,也更加精緻。)

✓ For the aspiring artist, the minor, the unfinished, or even the botched work, may be a more instructive model for how things should—and should not be done. For the amateur spectator, such works are the daily fare which provide good, honest nourishment –and which can lead to appreciation of more refined, or deeper pleasures.

（對於立志成為藝術家的人而言，次要的、未完成的，甚
至拼湊修補過的作品，可能是事情應該（或不應該）的做
法最具啟發性的示範。對於業餘的觀眾，這類作品是日常
的飲食，提供很好、實在的養分──它可以引導你欣賞更
深的，也是更精緻的樂趣。）

──依娃·霍夫曼（Eva Hoffman），
〈次要作品帶來特別的樂趣〉（Minor Art Offers Special Pleasures）

我的版本由一連串接合的子句延伸組成：

The aspiring artist may find that even a minor, unfinished work
 which was botched may be an instructive model for
  how things should be done,
   while for the amateur spectator, such works are the daily fare
    which may provide good, honest nourishment,
     which can lead to an appreciation of deeper pleasures
      that are also more refined.

（立志成為藝術家的人可能覺得就連一個次要的、未完成
的作品，經過拼湊修補也可以成為有啟發性的範本，顯示
事情該如何做的方式，但是對於業餘的旁觀者，這類作品
是日常的飲食，可能提供很好的、實在的養分，可以帶領
你欣賞更深的樂趣，也更加精緻。）

霍夫曼的原文是從多重對等詞組合成型。在結構上，看起來像這樣：

For the aspiring artist,
（對於立志成為藝術家的人而言）

the minor,
（次要的）

the unfinished,
（未完成的）

or

even the botched
（甚或拼湊的）

work may be
（作品可能是）

an instructive
（有教育意義的）

model for how things
（模型，展示）

should
（正確）

and
（和）

should not
（錯誤的）

be done.
（做事方式。）

For the amateur spectator, such works are

（對於業餘的觀眾，這類作品是）

the daily fare
（日常飲食，）

which provide
（可以提供）

good,
（很好、）

honest
（實在的）

nourishment—
（養分——）

and
（也）

which can
lead to
（可以引導你）

appreciation of
（欣賞）

more refined,
（更深的，）

or
（也是）

deeper
（更精緻的）

pleasures.
（樂趣）。

第二個句子特別顯示對等結構可以達到多麼刻意的程度。

句子設計的通則：從短到長

我要說明一個辨別對等句型是否良好的重點：當你讀出下
面這段文字，就可以發現：

We should devote a few final words to a matter that reaches
beyond the techniques of research to the connections between
those subjective values that reflect our deepest ethical choices
and objective research.

（我們應該把最後一段話用來討論研究方法之外的主題價

值關聯性，這些價值反映了我們最深的道德抉擇與客觀性的研究。）

那個句子好像突然結束在objective research（客觀性的研究），從結構上看來，句子會像這樣：

... between
（……在）

> those subjective values that reflect our deepest ethical choices
> and
> objective research.
> （這些反映了我們最深的道德抉擇與客觀性研究的主觀價值之間。）

以下的修改藉由調轉兩個對等部分，並在第二個部分增加一個加長的平行結構使短句變長。請唸出這段文字：

✓ We should devote a few final words to a matter that reaches beyond the techniques of research to the connections between objective research and those subjective values that reflect our deepest ethical choices and strongest intellectual commitments. （我們應該把最後一段話拿來討論研究方法之外的問題，亦即客觀研究及反映我們最深刻的道德選擇的主觀價值，以及最強的智性投入之間的關聯性。）

結構上，看起來像是這樣：

$$\checkmark \text{ ... between} \begin{cases} \text{objective research} \\ \text{and} \\ \text{those subjective} \\ \text{values that reflect our} \end{cases} \begin{cases} \text{deepest ethical choices} \\ \text{and} \\ \text{strongest intellectual} \\ \text{commitments.} \end{cases}$$

✓ ... between
（……在）

objective research
and
those subjective
values that reflect our
（客觀性的研究與
這些反映了我們）

deepest ethical choices
and
strongest intellectual
commitments.
（最深的道德抉擇與
最強的智性投入的
主觀價值之間。）

　　一篇特別優雅的散文作品的特徵，端看作者如何使用各種技巧延伸一個句子，特別是平衡的對等句（coordination）。我將在第十課討論這些技巧與用法。

✎ 寫作重點

對等句型讓你更優雅地延伸一個句子的行文，而不是只把句子的一個結構加在另一個結構上。當你會寫作對等句型時，試著組織這些結構，使其由短變長，由簡單變複雜。

一個統一的原則

　　這個由短句變長句的原則，事實上是清晰散文風格的統整性寫作原則：

- 適用於個別句子的主詞－動詞序列：引導的部分愈短愈好，之後再接更長更複雜的句子結構。
- 適用於舊－新的原則：舊的資訊通常就客觀來看比新的資訊短，但是在「心理上」也一樣較短。
- 適用於組織一個長句的邏輯成分：用簡短的重點開頭，然後加上較長和較複雜的資訊，對重點加以說明或支持。
- 也適用於寫作平衡的對等句：先寫較短的部分，再寫較長的結構。

長句糾錯

就算你已經排列過長句的內在結構，還是有可能出錯：

錯誤的文法對等

通常，我們只會對等組合相同的文法結構部分：子句和子句、介系詞片語和介系詞片語等等。當你對等排列不同的文法結構時，讀者可能會覺得，你的寫作缺乏平行結構，而感到相當惱人。謹慎的寫作者會避免以下情況：

The committee
（委員會）

Recommends
（建議）

{

revising the curriculum to recognize
（修改課程以反映）

trends in local employment
（當地就業市場的趨勢）

and
（以及）

that the division be reorganized to
（正視意見差異以）

reflect the new curriculum.
（反映新的課程）

}

他們會修改成以下形式：

✓ ... recommends
（……建議）

{

that the curriculum be revised
（課程可以修改）

to recognize...
（以確認……）

and
（並且）

that the division be reorganized
to reflect...
（意見差異可以重整以反映）

}

或是這樣：

✓ ... recommends
（……建議）

> revising the curriculum
> （修改課程）
>
> to recognize...
> （以確認……）
>
> and
> （並且）
>
> reorganizing the division
> to reflect...
> （重整意見差異以反映）

然而，一篇很工整的文章裡也會有些非平行的對等結構。
謹慎的寫作者會用how子句整合一個名詞片語：

✓ We will attempt to delineate
（我們會嘗試描述）

> the problems of education
> in developing nations
> （發展中國家的教育問題）
>
> and
> （及）
>
> how coordinated efforts
> can address them in
> economical ways.
> （共同努力可以如何用經
> 濟有效的方式解決這些問
> 題。）

他們會用副詞整合一個介系詞片語：

✓ The proposal appears
to have been written
（這份提議似乎是）

quickly,
（很快，）

carefully,
（很仔細，）

and
（並且）

with the help of many.
（在很多人協助下寫成的。）

讀者會認為這兩種寫作方式非常流暢。

錯誤的修辭對等結構

當句子的成分不僅在文法上統合，在思想上也能整合時，我們會感覺句子組合的結果最佳。有些經驗不足的寫作者，只用and把句子的一個部分連接到另一個部分：

Grade inflation is a problem at many universities, **and** it leads to a devaluation of good grades earned by hard work **and** will not be solved simply by grading harder.

（成績膨脹是很多大學都有的問題，這個問題讓辛苦用功得到的好成績貶值，而只靠更嚴格的計分方式並不能解決這個問題。）

句中的and模糊了以下說法間的相互關係：

✓ Grade inflation is a problem at many universities, **because** it devalues good grades that were earned by hard work, **but** it will not be solved simply by grading harder.

（成績膨脹是很多大學都有的問題，因為它讓辛苦用功得到的好成績貶值，但是只靠更嚴格的計分方式並不能解決這個問題。）

遺憾的是，我無法告訴你如何辨認各個結構在意思上無法整合的情況，只能說：「要小心。」當然，這樣的說法很像有人告訴打擊手要「打中球」。我們都知道，只是不知道方法。

不清楚的連接

對等句太長也會讓讀者感到困擾，他們會看不清楚句子內部的連接，或代名詞所指涉的內容：

Teachers should remember that students are vulnerable and uncertain about those everyday ego-bruising moments that adults ignore and that they do not understand that one day they will become as confident and as secure as the adults that bruise them.

（老師應該謹記，學生很敏感，也不清楚被大人忽略的每天這些自我被傷害的時刻，還有要記得他們不明白有一天他們也將變成跟這些傷害他們的大人一樣有自信和成熟的人。）

對於這些句子如何連接可能會感到一絲猶豫：

... and that they do not understand that one day they ...

（……他們不明白有一天他們……）

要修改這類句子，必須把對等結構的前半部縮短，再於靠近對等部分開始寫後半段句子：

✓ Teachers should remember that students are vulnerable to ego-bruising moments that adults ignore and that they do not understand that one day...

（教師應該謹記，學生很容易感覺到自我被傷害，那些時刻通常被大人忽略，他們也不了解有一天……）

或是重複能提醒讀者對等句已開始的那個字（由此創造出概括修飾詞）：

✓ Teachers should try to remember that students are vulnerable to ego-bruising moments that adults ignore, **to remember** that they do not understand that ...

（教師應該試著記住學生很容易感覺到自我被傷害的時候，那些時刻通常被大人忽略，也要記得他們也不了解……）

或是重複一個名詞，以避免模糊的代名詞：

✓ Teachers should try to remember that **students** are vulnerable to ego-bruising moments that adults ignore and that **students** do not understand that ...

（教師應該試著記住學生很容易感覺到自我被傷害的時候，那些時刻通常被大人忽略，也要記得學生們也不了解⋯⋯）

模糊的修飾語

修飾語另一個問題是，有時候讀者不確定它修飾的是什麼：

Overtaxing oneself in physical activity too frequently results in injury.

（在體能活動上透支常常會造成傷害。）

常常（frequently）、透支（overtaxing）或傷害（injury）指的是什麼？我們可以藉由移動 too frequently，讓它的意思更清楚：

✓ Overtaxing oneself **too frequently** in physical activity results in injury.

（在體能活動上常常透支會造成傷害。）

✓ Overtaxing oneself in physical activity results **too frequently** in injury.

（在體能活動上透支常常會造成傷害。）

　　一個子句結尾處的修飾語，可能無法清楚修飾最接近的一個片語或是較遠的詞：

Scientists have learned that their observations are as subjective as those in any other field **in recent years**.
（科學家們已經發現，他們的觀察近年來跟其他領域的觀察一樣主觀。）

我們可以將修飾語移到較不模糊的位置：

✓ **In recent years,** scientists have learned that...
（近年來，科學家們已經發現⋯⋯）

✓ Scientists have learned that **in recent years** their...
（科學家們已經發現近年來⋯⋯）

懸盪的修飾語

　　長句的另一個問題可能是懸盪的（dangling）修飾語。當修飾語暗指的主詞與主要子句明顯的主詞不同時，就會產生意思懸盪的修飾語：

To overcome chronic poverty and lagging economic development in sub-Saharan Africa, $_{dangling\ modifier}$ a commitment to health and education $_{whole\ subject}$ is necessary for there to be progress in raising standards of living.

（為了解決撒哈拉以南長期貧窮及經濟發展落後的問題懸盪的修飾語，致力於健康及教育完整主詞是提升生活水準的必要之務。）

Overcome（解決）這個字暗指的主詞是某個未指明的機構，但是主要子句明顯的主詞是commitment（承諾）。為了使修飾語明確不懸盪，我們應該讓它暗示的主詞夠明確：

✓ If **developed countries** are to overcome chronic poverty and lagging economic development in sub-Saharan Africa, a commitment to health and education is necessary...

（如果已開發國家要解決撒哈拉以南長期貧窮及經濟發展落後的問題，致力於健康及教育是必要……）

或者更好的方式是，使修飾語暗指的主詞成為子句中明顯的主詞：

✓ To overcome chronic poverty and lagging economic development in sub-Saharan Africa, **developed countries** must commit themselves to...

（要解決撒哈拉以南長期貧窮及經濟發展落後的問題，已開發國家必須致力於……）

Lesson 10

優雅

　　沒有什麼比寫作不清楚更糟的事。清晰、簡潔的
風格並無任何缺點可言，只除了有可能比較平板。當
你思考與其戴頂捲假髮還不如禿頭，就知道這個險很
值得冒。

　　——桑姆薩特‧毛姆（Somerset Maugham，劇作家、小說家）

何謂優雅

　　雖然大部分讀者都喜歡清晰且不要太樣板的文章，但是一
味追求簡潔可能流於單調，甚至枯燥。然而，優雅的靈光一閃
不但能修改我們腦中的想法，還可以在我們回想起來時，帶來
一絲喜悅。遺憾的是，我無法告訴你如何做到。事實上，我傾
向於同意，最雅緻的優雅行文，乃是令人舒暢的簡潔。

　　然而，有些寫作上的設計可以用優雅和清晰的方式雕塑一個想法。不過，光知道這些並不會幫助你的寫作更優雅，這跟只知道一盤美味的法式海產什燴（bouillabaisse）的材料，然後以為你會做這道菜是一樣的。也許優雅的清晰文筆是一種天賦，但就算是天賦也必須被教育和不斷練習。

平衡與對稱

　　一個句子是否優雅的最大關鍵，是各組成成分間的平衡與對稱，彼此在聲音、韻律、結構和意義上互相呼應。一個有能力的作家可以讓一個句子中各個部分都平衡，但是最常見的平衡是基於協調性。

平衡的協調性

　　以下這段文字具備平衡的特點，加上我的修改。一個靈敏的耳朵可以區辨何者為何：

The national unity of a free people depends upon a sufficiently even balance of political power to make it impracticable for the administration to be arbitrary and for the opposition to be revolutionary and irreconcilable. Where that balance no longer exists, democracy perishes. For unless all the citizens of a state are forced by circumstances to compromise, unless they feel that they can affect policy but that no one can wholly dominate it, unless by habit and necessity they have to give and take, freedom cannot be maintained.

（一個自由民族的國家統一有賴於充分均衡的政治力量，使行政當局獨裁及反對陣營採取革命和無法和解成為不可能。當權力均衡不存在的時候，民主也就消失了。因為除非一國的所有公民都受制於情況而妥協，除非他們覺得可以影響政策但是沒有人可以完全掌控它，除非能出於習慣和必要性付出和接收，否則自由不可能繼續維持。）

——沃爾特·李普曼（Walter Lippmann），美國作家、記者

The national unity of a free people depends upon a sufficiently even balance of political power to make it impracticable for an administration to be arbitrary against a revolutionary opposition that is irreconcilably opposed to it. Where that balance no longer exists, democracy perishes, because unless all the citizens of a state are habitually forced by necessary circumstances to compromise in a way that lets them affect policy with no one dominating it, freedom cannot be maintained.

（一群自由人組成的國家統一有賴於政治力量的充分均衡，以讓行政當局無法專權對待具革命性的反對陣營且與之無法和解的對立。當權力平衡不再存在的時候，民主也就消失了。因為除非這國家的所有公民習慣性地出於必要情況所迫而以一種讓他們能影響政策的方式妥協，而無人專制，否則自由不可能維持。）

我的句子從一個部分延展到下一個部分。在李普曼的段落中，我們聽到一個子句和片語依照字詞、聲音和意義的順序呼應下一個子句和片語，賦予整個段落一個細緻的建築結構上的對稱。

我們可以運用主題和重音的原則，套用在句子中。若我們照樣做，就能看到李普曼甚至在簡短的句構中也達到平衡。注意每一個片語中重要的字如何與其對應的字相呼應（我用粗體標示出主題，用斜體表示重音）：

The national unity of a free people depends upon a sufficiently even balance of political power to make it impracticable

（一個自由民族的國家統一有賴於充分均衡的政治力量使

for **the administration** to be *arbitrary*
行政當局獨裁

and
及

revolutionary
充滿革命色彩

for **the opposition** to be
反對陣營

and
及

irreconcilable.
無法和解

成為不可能。)

　　李普曼平衡administration和opposition兩片語的主題，以平衡arbitrary、revolutionary和irreconcilable的重音和意義結尾。他接著用一個簡短的結論句，句中強調的字詞並非對等詞，但仍然平衡（我使用方括弧指出非對等的均衡）：

Where
（在）

that balance *no longer exists,*
（平衡不再存在的地方）

democracy　*perishes.*
（民主也消亡了。）

　　然後他寫了一個特別繁複的設計，平衡多個發音和意義：

For
（因為）

　unless　**all the citizens** of a state are forced by circumstances
　（除非）　　　　　　　　　　　　　　　　　　　　 to *compromise*,
　　　　　　（國家的所有公民都被環境所逼而妥協，）

　unless　**they** feel
　（除非）（他們覺得）

　　　that **they** can *affect policy*
　　　（他們可以影響政策）

　　　but
　　　（但是）

　　　that **no one** can *wholly dominate it*,
　　　（沒有人可以完全主宰它，）

　unless by
　（除非藉由）

　　　habit
　　　（習慣）

　　　and
　　　（和）

　　　necessity
　　　（必須性）

　　　they　have to
　　　（他們）（必須）

　　　give
　　　（給予）

　　　and
　　　（且）

　　　take,
　　　（接受，）

　　　freedom can be *maintained*.
　　　（自由才可以被維持。）

- 他重複citizens做為每個子句的主詞／主題：all the citizens，they，they（注意第一個片語的被動式：citizens are forced；主動式可能會使對等詞語出現不平衡）。

- 他平衡force相對於feel的聲音和意思，以及affect policy相對於dominate it的意思。

- 在最後一個unless子句中，他平衡habit相對於necessity的意思，且平衡give相對於take的重音。

- 他平衡compromise, affect, dominate，以及give and take的意思。

- 為了平衡那句簡短前導句的子句，balance no longer exists—democracy perishes（平衡不再存在——民主消失），他用同樣簡短的子句freedom cannot be maintained（自由不能維持）作結，在意義和結構上呼應前導句子中對應的部分：

balance（平衡）　　no longer exists（不再存在）
democracy（民主）　perishes（消失）
freedom（自由）　　cannot be maintained（無法維持）

對於注意到並且在意這些細節的人，這是很傑出的寫作結構。

非對等平衡

我們可以平衡文法上並不對等的結構。在下列句子中，主詞平衡了受詞：

Scientists whose research （科學家的研究）	*creates revolutionary views of the universe* （創造對這個宇宙的革命性觀點）
	invariably confuse （總是混淆）
those of us who （我們當中）	*construe reality from our common-sense experience of it.* （用常識經驗理解現實的人。）

此處，在主詞中，關係子句的謂語平衡了整個句子的謂語。

A government （一個政府）	that is unwilling to *listen* to the *moderate hopes* of *its citizenry* （不願意傾聽其市民的溫和期望，終將） must eventually *answer* to the *harsh justice* of *it revolutionaries.* （必須回應改革者的嚴厲正義。）

此處，直接受詞平衡了介系詞的受詞：

Those of us concerned with our school systems will not sacrifice

（關心我們學校制度的人們將不會犧牲）

the *intellectual growth* of　　our *innocent children*
（我們純真小孩的智識成長）

　　　　　　　　　　　　　to
　　　　　　　　　　　　　（以）

the *social engineering* of　　*incompetent bureaucrats.*
（換取無能官僚的社會工程。）

更複雜的平衡方式為：

Were I trading[1a]
（如果我拿）

scholarly principles[2a]
for
financial security,[2b]
（學者的原則交換
經濟的安定，）

I would not be writing[1b]
（我就不會寫作）

short books[3a]
on
minor subjects[3b]
for
small audiences.[3c]
（小書
關於
次要的主題
給
小眾讀者們。）

在那個句子中，

- 從屬子句（1a）Were I trading，平衡了主要子句（1b）I would not be writing。
- 從屬子句（2a）的受詞 scholarly principles 平衡了介系詞片語（2b）中的受詞 financial security。
- 主要子句（3a）中的受詞 short books 平衡了兩個介系詞片語（3b）minor subjects 及（3c）small audiences 的受詞（有平衡的 short、minor、small 等字）。

要記得，當每一個接著出現的平衡部分比之前一個稍長時，你通常能創造最有節奏感的平衡結構。

這些模型鼓勵你用平常可能不會想到的方式思考。如此一來，這些句子就不只是塑造你的思考，還會產生你的思考。假設你用以下的方式開始寫句子：

In his early years, Picasso was a master draftsman of the traditional human form.
（在畢卡索早年，他是傳統人體形象的繪圖者。）

現在試試看這句：

In his earliest years, Picasso was **not only** a master draftsman of the traditional human form, **but also**...

（在畢卡索最早期的年日，他不僅是傳統人體形象的繪圖者，還是……）

現在你必須思考他可能曾經是——或不是什麼樣的人了。

✎ 寫作重點

一篇優美文章最顯著的特點就是平衡的句子結構。你很可能藉著and、or、nor、but、yet的對等詞語，使句子的其中一部分與另外一部分平衡，但是你也可以平衡非對等片語和子句。如果用得過多，這些句式可能會看起來過於聰明花俏。但是若能謹慎使用，則可以強調某個重點，或是總結一行理性推論的句子，細心的讀者會發現你的漂亮文采。

精采的強調

你如何開始寫一個句子，決定了它的清晰度；你如何結束句子，則決定它的韻律和優雅。有五個方法可以結束一個有特別強調的句子：

1. 很重的難字

當我們接近句尾時，會期待看到值得強調的字詞，所以如

果句子結尾的字詞在文法上或語意上毫無重要性，我們會覺得
這個句子不夠精彩。在句尾若使用介系詞，感覺效果會很輕
——這是我們有時候避免句尾用介系詞的原因之一。一個句子
的韻律應該是將讀者帶往更強的力道。比較以下：

> Studies into intellectual differences among races are projects
> that only the most politically naïve psychologist would be
> willing to give support to.
> （關於不同種族間智性能力的研究，只有政治上最無知的
> 心理學家才會願意支持這類計畫。）

> ✓ Studies into intellectual differences among races are projects
> that only the most politically naïve psychologist would be
> willing to support.
> （關於不同種族間智性能力的研究計畫，只有政治上最無
> 知的心理學家才會願意支持。）

形容詞及副詞比介系詞重，但是比動詞或名詞輕，其中最
重的是名詞化的字。當句子中的主詞是名詞化時，可能造成讀
者閱讀上的困難，但是結尾用名詞化，卻可以製造令人滿意的
精彩重音，特別是當其中兩個詞語在對等的平衡結構中。請參
考以下邱吉爾（Winston Churchill）的「最好的時光」（Finest
Hour）節錄，結尾就是使用平行結構，最後以平衡的一組名詞

達到高潮：

 ... until in God's good time,

 （直到在神的良善時光中，）

the New World, with all its   power
（新世界，帶著所有的）   and
         might   steps forth to
       （力量 （邁向）
         和
        能力）

      the **rescue**   of the old.
       and （對於舊時代的
     the **liberation**   拯救和解放。）

 邱吉爾原來可以寫得更簡單，也更無趣：

 ... until the New World rescues us.

 （……直到新世界拯救我們。）

2. of ＋分量重的字

 這好像不太可能，但卻是真的。看看邱吉爾怎麼結束他的
句子：of（後面用較輕的 a 或 the）的輕度加快了這個句子的節
奏，緊接著強調精彩的單音節字 old：

... the rescue and the liberation of the **old**.

（……對於舊時代的拯救和解放。）

我們會認為這種句式是寫作者有自覺的優雅行文，就像在愛德華‧吉朋（Edward Gibbon）的《羅馬帝國衰亡史》（*History of the Decline and Fall of the Roman Empire*）開頭幾行（比較書名若改成 *History of the Roman Empire's Decline and Fall* 的話）：

✓ In the second century of the Christian era, the Empire of Rome comprehended **the fairest part** *of* **the earth**, AND **the most civilized portion** *of* **mankind**. The frontiers of that extensive monarchy were guarded **by ancient renown** AND **disciplined valour**. The gentle, but powerful influence of laws and manners had gradually cemented **the union** *of* **the provinces**. Their peaceful inhabitants **enjoyed AND abused the advantages** *of* **wealth AND luxur**y. The image of a free constitution was preserved with decent **reverence**. The Roman senate appeared to possess the sovereign authority, and devolved on the emperors all **the executive powers** *of* **government**.

（在基督教時代第二世紀，羅馬帝國包含地球上最美好的部分，以及人類最文明的區塊。這個廣大帝國的邊境被遠古知名及有紀律的英勇精神所護衛。法律與禮儀溫和但有

利的影響逐漸鞏固諸省的統一。這些地方愛好和平的居民享受且濫用財富與奢侈的優勢。莊重的崇敬保存了擁有一部自由憲法的形象。羅馬元老院似乎擁有最高的權力，政府所有行政權力都投注於君主身上。）

比較上，以下這段就顯得平板：

In the second century AD, the Roman Empire comprehended **the earth's fairest, most civilized part**. Ancient renown and disciplined valour guarded **its extensive frontiers**. The gentle but powerful influence of laws and manners had gradually **unified the provinces**. Their peaceful inhabitants enjoyed and abused luxurious wealth while decently preserving what seemed to be **a free constitution**. Appearing to possess the sovereign authority, the Roman senate devolved on the emperors all **executive governmental powers.**

（在第二世紀，羅馬帝國包含地球上最美好的區域，以及人類最文明的部分。遠古的名聲及有紀律的英勇精神護衛這個帝國廣大的邊境。法律與禮儀溫和但有利的影響逐漸鞏固諸省的統一。這些地方愛好和平的居民享受且濫用奢侈的財富，同時莊重地保存了擁有一部自由憲法的形象。羅馬元老院似乎擁有最高的權力，將政府所有行政權力都投注於君主身上。）

3. 呼應特點

在一個句子結尾，當一個字詞在聲音或意義上平衡另一個先前強調過的字詞時，讀者會聽到特別的強調。下列例子是從彼得‧蓋伊（Peter Gay）的《歷史的風格》（*Style in History*）書中所摘錄：

✓ I have written these essays to anatomize this familiar yet really strange being, **style the centaur**; the book may be read as an extended critical commentary on Buffon's famous saying that **the style is the man**.

（我已經寫出這幾篇文章剖析這個熟悉卻真正奇異的主題：風格這個半人半馬的怪物；這本書可能可以當作對布馮（Buffon）的名句：「風格如其人」的延伸評論來閱讀。）

當我們聽到強調的字詞呼應先前的字詞，這些平衡就變得更有強調作用：

✓ Apart from a few mechanical tricks of rhetoric, **manner** is indissolubly linked to **matter**; **style shapes**, and in turn is **shaped** by, **substance**.

（除了一些機械性的修辭技巧以外，風格不可分割地與主題相連；風格能型塑主旨，並且被主旨型塑。）

✓ It seems frivolous, almost inappropriate, to be **stylish** about **style**...

（要有風格地討論風格，似乎很無謂，幾乎是不恰當的……）

4. 對偶句交錯排列法（chiasmus）

　　這個技巧也許只對喜歡古典修辭風格的人有吸引力。Chiasmus是從希臘文「穿越」來的，意味平衡一個句子中兩部分的內容，但是第二部分的內容是第一部分內容順序的顛倒。舉例而言，下一個句子可以是對等也是平行的，但是並未以交錯句法結束，因為兩部分的內容有相同的順序排列（1A1B：2A2B）：

✓ A concise style
（簡潔的風格）

can improve both
（可以提升）

our own[1A] *thinking*[1B]
（我們自己的想法）

and
以及

our readers,[2A] *understanding.*[2B]
（讀者的理解。）

　　若想要營造出特別的效果，可以改變第二部分內容順序，好與第一部分相對應。現在，模式已非1A1B：2A2B，而是1A1B：2B2A。

✓ A concise style
（簡潔的風格）

can improve not only
（不僅可以提升）

our own[1A] *thinking*[1B]
（我們自己的想法）

but
（也能增進）

the *understanding*[2B] of our readers.[2A]
（讀者的理解。）

下一個例子更複雜。頭兩部分內容平行，但是最後三部分彼此呼應。AB CDE：AB EDC。

You[A] reveal[B] your own[C] *highest rhetorical*[D] SKILL[E]
（你展現自己最高的修辭技巧）

by the way
（如此一來）

you[A] respect[B] THE BELIEFS[E] *most deeply held*[D] by your reader.[C]
（就是尊重你的讀者深深持有的信念。）

5. 中止

最後，你可以忽略某些前面提過的建議，用戲劇化的高潮將句子收尾。在第九課裡，我建議你用重點開始寫一個句子，但是有自覺的寫作者通常會用一連串平行與對等的片語和子句開始一個句子，以便於延後並因此提高最後的精彩度：

If [journalists] held themselves as responsible for the rise of public cynicism as they hold "venal" politicians and the "selfish" public; if they considered that the license they have to criticize and defame comes with an implied responsibility to serve the public—if they did all or any of these things, they would make journalism more useful, public life stronger, and themselves far more worthy of esteem.

（如果〔新聞記者〕認為自己因為將「貪腐」政客和「自私」行為公諸於世，而應該為大眾變得憤世嫉俗負起責任；如果他們認為自己所擁有的批評和反抗的執照隱含著服務大眾的責任──如果他們做到以上所有的或任何一件事，他們就會使新聞業更有作用，讓大眾生活更有力，也讓自己更值得受尊敬。）

──詹姆士・法羅斯（James Fallows），《熱門新聞：媒體如何顛覆美國民主》（*Breaking the News: How the Media Undermine American Democracy*）

這個句子是法羅斯書中最後一個句子，它用三個if子句開頭，用三重對等結構結束，而且結束在最長的部分，也就是of＋名詞化（worthy of esteem，值得受尊敬）。然而，如同所有這類修辭設計，一個很長的延遲的效力與它的使用頻率成反比：愈少用，力量愈大。

> ✎ **寫作重點**
>
> 一個優雅的句子結尾必須有力。有五種方式可以幫助你寫
> 出有力的結尾：
>
> 1. 用強烈的字詞結尾；更好的是，用一對強烈的字詞。
> 2. 用 of 開頭的介系詞片語結尾。
> 3. 用呼應特點的方式結尾。
> 4. 用交錯句法結尾。
> 5. 用一連串中止的子句延後句子的重點。

過度的優雅

當寫作者在一個句子裡結合以上所有元素時，我們會知道
他的目標是寫出很特別的作品，就像下段文字：

Far from being locked inside our own skins, inside the
"dungeons" of ourselves, we are now able to recognize that
our minds belong, quite naturally, to a collective "mind,"
a mind in which we share everything that is mental, most
obviously language itself, and that the old boundary of the skin
is no boundary at all but a membrane connecting the inner and

outer experience of existence. Our intelligence, our wit, our cleverness, our unique personalities—all are simultaneously "our own" possessions and the world's.

（並不是要鎖在我們自身的皮膚內，在自我本身的「地牢」裡，現在的我們反而能夠辨認自己的心靈很自然的，屬於一個集體的「心靈」，在其中我們共享一切心智上的事物，最明顯的是語言本身，以及皮膚的老舊界線已不再是界線，而只是一層連結內在與外在的存在經驗的薄膜。我們的智慧、機制、靈巧和獨特的人格——全都同時是「我們自己的」所有物，也是這個世界的。）

——喬伊斯·卡洛·奧茲（Joyce Carol Oates），
「新天新地」（New Heaven and New Earth）

以下是上段文字的剖析：

Far from being locked **inside** our own skins,

　　　　　　　　inside the "dungeons" of ourselves,

we are now able to recognize

（並不是要鎖在我們自身的皮膚內，在自我本身的「地牢」裡，現在的我們反而能夠辨認）

that our minds belong, quite naturally, to a collective "**mind**,"
（自己的心靈很自然的，屬於一個集體的「心靈」，）

a mind in which we share
（在其中我們共享）

everything that is *mental*,
most obviously *language itself*,
（一切心智上的事物，
最明顯的是語言本身，）

and
（以及）

that the old boundary of the skin is
（皮膚的老舊界線已）

not *boundary* at all
but
a membrane connecting the inner and outer **experience of existence.**
（不再是界線，而只是一層
連結內在與外在的存在經
驗的薄膜。）

Our intelligence,
our wit,
our cleverness,
our unique personalities
（我們的智慧、
機智、靈巧、
和獨特的人格）

—all are simultaneously
（全都同時是）

"our own"
possessions
and
the world's.
（「我們自己的」所
有物，也是這個世
界的。）

除了所有的對等結構，注意兩個概括修飾詞：

Far from being locked **inside** our own skins,

                  inside the "dungeons" of ourselves...

our minds belong... to a collective **"mind,"**

                    a mind in which we share...

另外還要注意，第一句句尾強調的兩個名詞化和第二句句尾的對等名詞化：

... the inner and outer experience of existence.

... "our own" possessions and the world's.

但是這種句型還可以更繁複些。以下是弗萊德瑞克‧透納（Frederick Jackson Turner）《美國歷史的邊境》（*The Frontier in American History*）的最後一句：

This then is the heritage of the pioneer experience—a passionate belief that a democracy was possible which should leave the individual a part to play in a free society and not make him a cog in a machine operated from above; which trusted in the common man, in his tolerance, his ability to adjust differences with good humor, and to work out an

American type from the contributions of all nations—a type for which he would fight against those who challenged it in arms, and for which in time of war he would make sacrifices, even the temporary sacrifice of his individual freedom and his life, lest that freedom be lost forever.

（這就是開拓者經驗所傳承的──一份強烈的信仰，亦即民主社會是可實現的，其應使在自由社會中每個人都扮演一個獨特的角色，而不是做為上頭操控的機器的一個鈍齒；這個社會相信一般人能容忍、有能力以良好幽默調適不同的差異，並且由所有國家投入的一切打造一個美國類型──這個類型是他將對抗以武力挑戰之者，而且在戰爭時他會做出犧牲，甚至暫時犧牲自身的自由或生命，以免永遠失去自由。）

注意以下：

- 開頭部分的統合修飾語：a passionate belief that... （一份強烈的信仰，亦即……）。
- 每一個對等結構中第二部分的長度和重要性逐漸增加。
- 以 type 和 sacrifice 開始的兩個概括修飾語。

可能有點過頭了，特別是最後十六個字的四組交錯排列句：

the temporary[1] sacrifice[2] of his individual FREEDOM[3] and *his life*[4],
lest[4]   that FREEDOM[3]   be lost[2] **forever**[1].
（暫時犧牲自身的自由或生命，以免永遠失去自由）

Temporary（暫時）的意義平衡了forever（永遠）；sacrifice（犧牲）與lost（失去）平衡；freedom（自由）與freedom（自由）平衡；life（生命）的發音與lest（以免）平衡（更不用說lest與lost接近諧音）。現在你真的很少看到這樣的句子了。

解析如下：

This then is the heritage of the pioneer experience—
[summative modifier] → a passionate belief that a democracy was possible
（這就是開拓者經驗所傳承的──
〔統合修飾語〕一份強烈的信仰 →亦即民主社會是可實現的，）

which
should
（其應使）

leave the individual a part to play in a free society
and
not make him a cog in a machine operated from
above;
（在自由社會中每個人都扮演一個獨特的角色，
而不是做為上頭操控的機器的一個鈍齒；）

which
trusted
（這個社
會相信）

in the common man, in his tolerance,
（一般人能容忍、）

his ability
（有能力）

to adjust differences with good humor,
and
to work out an American **type** from the
contributions of all nations—
（以良好幽默調適不同的差異，並且
由所有國家投入的一切打造一個美
國類型——）

(resumptive
modifier#1)
（概括修飾語＃1）

→a **type**
（這個類型）

for which he would fight against
those who challenged it in arms,
and
for which in time of war he would
make **sacrifices**,
（是他將對抗以武力挑戰之者，
而且在戰爭時他會做出犧牲，）

(resumptive
modifier#2)
（概括修飾語＃2）

→ even the temporary
sacrifice of
（甚至暫時犧牲）

his individual freedom
and
his life,
（自身的自由或生命，）

lest that freedom be lost forever.
（以免永遠失去自由。）

長度和韻律的幾個面向

　　大部分寫作者不會計畫句子的長度，不過那不會是問題，除非每一個句子都少於十五字或是更長。然而，有技巧的寫作者確實會計劃性控制句子的長度。有些作者寫作較短的句子，以提示緊急或重要性：

> Toward noon, Petrograd again became the field of military action; rifles and machine guns rang out everywhere. It was not easy to tell who was shooting or where. One thing was clear: the past and the future were exchanging shots. There was much casual firing; young boys were shooting off revolvers unexpectedly acquired. The arsenal was wrecked... Shots rang out from both sides. But the board fence stood in the way, dividing the soldiers from the revolution. The attackers decided to break down the fence. They broke down part of it and set fire to the rest. About twenty barracks came into view. The bicyclists were concentrated in two or three of them. The empty barracks were set fire to at once.

（接近中午，佩托格拉德又再次變成軍事行動的戰場；來福槍和機關槍到處肆虐。很難分辨誰在開槍或在哪裡開槍。有一件事很清楚：過去和未來正在交換槍響。四處出現任意的槍響；年輕男孩用意外取得的左輪手槍到處發

射，火藥庫被搗毀……。兩邊槍聲不斷，但中間隔著木板籬笆，將士兵與革命分開。攻擊者決定拆毀籬笆，他們拆掉一部分並將其他燒毀。大約可見二十個營房，其中兩三個營房的單車騎士被鎖定，空的營房立刻被放火燒毀。）

——里歐‧托洛斯基（Leon Trotsky），
《俄國革命的歷史》（*History of the Russian Revolution*, trans. Max Eastman）

或是簡潔的確定性：

The teacher or lecturer is a danger. He very seldom recognizes his nature or his position. The lecturer is a man who must talk for an hour.

France may possibly have acquired the intellectual leadership of Europe when their academic period was cut down to forty minutes.

I also have lectured. The lecturer's first problem is to have enough words to fill forty or sixty minutes. The professor is paid for his time, his results are almost impossible to estimate...

No teacher has ever failed from ignorance.

That is empiric professional knowledge.

Teachers fail because they cannot "handle the class."

Real education must ultimately be limited to men who INSIST on knowing, the rest is mere sheep-herding.

（教師或授課者是危險的。他很少認清自己的性質或位置。授課者是一個必須講一個小時話的人。

　　在學校課堂縮減為四十分鐘時，法國很可能已經取得歐洲智識領袖的地位。

　　我也教過課。授課者第一個問題是要有足夠填滿四、五十分鐘的話。付錢給教授是因為他的時間，他的教學結果幾乎不可能預估……。

　　沒有教師曾因為無知而被當掉。

　　那是有經驗的專業知識。

　　教師失敗因為他們無法「罩得住班級」。

　　真正的教育最終必須限於堅持求知的人身上，其餘則只是放羊而已。）

——艾茲拉・龐德（Ezra Pound）《閱讀基礎》（*ABC of Reading*）

或是直接。這點，馬克吐溫（Mark Twain）使用簡短的文法句子模仿成人對兒童說教，但他使用加標點的較長句子——不只是難的字——向理解他的讀者傳達意念：

These chapters are for children, and I shall try to make the words large enough to command respect. In the hope that you are listening, and that you have confidence in me, I will proceed. Dates are difficult things to acquire; and after they are acquired it is difficult to keep them in the head. But they are very valuable. They are like the cattle-pens of a ranch—they shut in the several brands of historical cattle, each within its own fence, and keep them from getting mixed together. Dates are hard to remember because they consist of figures; figures are monotonously unstriking in appearance, and they don't take hold, they form no pictures, and so they give the eye no chance to help. Pictures are the thing. Pictures can make dates stick. They can make nearly anything stick— particularly *if you make the pictures yourself.* Indeed, that is the great point— make the pictures *yourself.* I know about this from experience. （這幾章是寫給兒童的，我會嘗試用比較難的字以取得尊重。期盼你正在聆聽，也對我有信心，我將繼續說。日期很難記得，記得之後，很難存在腦中——它們很像農場裡的畜欄——它們把各種品牌的歷史牛群關起來，各自在各自的欄中，以防止互相摻雜。日期很難記住，因為有數字，數字外表上單調不醒目，也不好記，它們不能形成圖畫，所以讓眼睛沒有機會幫忙。圖畫最重要了。圖畫讓日期持久不忘。它們可以讓幾乎任何事被記住——特別是如果你自己畫圖的話。沒錯，那就是最大的重點——自己製作圖畫。我是從經驗知道這些的。）

——馬克吐溫，「如何記住歷史日期」（How to Make History Dates Stick）

　　有些有自覺的風格寫作者也會寫過長的句子。以下只是一個例子，句子迂迴的長度似乎反映了示威遊行令人困惑的進程：

In any event, up at the front of this March, in the first line, back of that hollow square of monitors, Mailer and Lowell walked in this barrage of cameras, helicopters, TV cars, monitors, loudspeakers, and wavering buckling twisting line of notables, arms linked (line twisting so much that at times the movement was in file, one arm locked ahead, one behind, then the line would undulate about and the other arm would be ahead) speeding up a few steps, slowing down while a great happiness came back into the day as if finally one stood under some mythical arch in the great vault of history, helicopters buzzing about, chop-chop, and the sense of America divided on this day now liberated some undiscovered patriotism in Mailer so that he felt a sharp searing love for his country in this moment and on this day, crossing some divide in his own mind wider than the Potomac, a love so lacerated he felt as if a marriage were being torn and children lost—never does one love so much as then, obviously, then—and an odor of wood smoke, from where you knew not, was also in the air, a smoke of dignity and some calm heroism, not unlike the sense of freedom which also comes when a marriage is burst—Mailer knew for the first time why men in the front line of battle are almost always ready to die; there is a promise of some swift transit... [it goes on]

（不論如何，在這遊行隊伍的最前端，第一行，在監視器螢幕空洞框格的最後面，梅勒和羅威爾走進這場攝影機、直升機、電視轉播車、監視器、擴音器和搖擺彎曲變形的一列名人、武器的串連〔線路如此彎曲，以致有時動作是成縱列，一隻手臂固定在前，一隻手在後，然後這條線會在附近擺盪，另一隻手會往前〕加速前進幾步，當一種極大的幸福回到這天則慢下來，彷彿你終於站在歷史大穹頂的某個神祕彎弧下，直升機嗡嗡，啪啪四處飛行，在這天當中美國的概念被分解，此刻釋放了梅勒裡面某些尚未發現的愛國情懷，於是這一天的此刻，他感覺一陣對國家熾熱的愛，跨越他自己腦中某個比波多馬克河還大的分歧，一份如此撕裂的愛，他感覺彷彿婚姻被拆散，兒女失落——從來沒有像那時愛得那麼多，很明顯的，那時——還有一種木頭的煙味也在空氣中，從你不知道的地方來，一陣帶著莊嚴和某種冷靜英雄主義的煙，也像是婚姻破滅時會有的自由的感覺——梅勒第一次知道為什麼站在戰爭最前線的人幾乎總是準備好犧牲；有某種迅速移轉的確定保證……〔繼續〕。）

——諾曼．梅勒（Norman Mailer），《夜行軍：歷史如小說，小說如歷史》（*The Armies of the Night: History as a Novel, the Novel as History*）

我們幾乎感覺自己在竊聽梅勒的內心思緒。但是當然，這樣的句子不是感覺滿溢的產物，而是不經雕琢的藝術。

- 梅勒以簡短、斷音的片語開頭，暗示他的困惑，但是他用對等結構控制。

- 他接著使用對等自由修飾語寫作：

  arms linked... line twisting... speeding up...

  （武器的串連……線路如此彎曲……加速前進……）

- 在幾個更自由的修飾語之後，他用概括修飾語繼續：

  a love so lacerated...

  （一份如此撕裂的愛……）

- 在另一個文法功能的句子之後，他再加上另一個概括修飾語：

  a smoke of dignity and some calm heroism...

  （一陣帶著莊嚴和某種冷靜英雄主義的煙……）

✎ 寫作重點

當你寫作的大部分句子多於三十個字，或少於十五個字時，想想你的句子長度。如果你用本章所談到的方法編輯句子的話，你的句子自然會改變。但若情況允許，不妨自由做些嘗試，不要拘泥。

Lesson **11**

風格的倫理

風格是心智最後的道德。

——艾爾佛瑞德·懷海德（Alfred North Whitehead）

除了潤飾之外

風格很容易被認為只是讓句子進展更順暢的潤飾功夫，但是以下兩句在選擇主詞和動詞上有更多需要考量的因素：

1a. **Shiites and Sunnis** DISTRUST one another because **they** HAVE ENGAGED in generations of cultural conflict.
（什葉派和遜尼派互相不信任，因為他們幾世代以來置身於文化的衝突中。）

1b. **Generations of cultural conflict** HAVE CREATED distrust between Shiites and Sunnis.

（數個世代以來的文化衝突已經造成什葉派和遜尼派的互不信任。）

哪一個句子更準確反映造成兩派之間衝突的原因——他們的刻意行動，如（1a）句子所指，或如（1b）句子提到的，他們的歷史環境？這種主詞和動詞的選擇甚至暗示著人類行動的哲學：我們是自由選擇行動，或是環境促使我們行動？稍後，我們將探討這個議題在《獨立宣言》（*Declaration of Independence*）中如何作用。

我們選擇如何述說故事的方式——用人或是用環境——不僅與閱讀的容易度相關，甚至比行動的哲學關係更大，因為每一次這類的選擇都包含了道德的層次。

作者和讀者的道德責任

在前十課裡，我強調作者欠讀者一個寫作清晰的債，但是讀者也有責任仔細閱讀，以理解用基礎讀本句型無法表達的概念。舉個例子，要一個工程師將以下段落修改成人人皆懂的語言，簡直是不可能的：

The drag force on a particle of diameter *d* moving with speed *u* relative to a fluid of density *p* and viscosity μ is usually modeled by F = 0.5$C_D u^2$A, where A is the cross-sectional area of the particle at right angles to the motion.

（直徑為 *d* 以與流體密度 *p* 黏性 μ 相關的速度 u 移動的粒子上的引力，通常可以公式 F= 0.5$C_D u^2$A 表示，其中 A 是粒子與運動呈直角時的剖面積。）

我們大多數人都會努力理解其涵意——至少直到我們斷定作者並未付諸相同心力幫助讀者了解之前，或者更糟的是，作者刻意造成我們的閱讀難度比應有的更高。一旦我們認定作者並不用心、懶惰或自我放縱——我們的日子太短，不能花在對我們的需求漠不關心的這些人身上。

而面對毫無道理的複雜文章的反應，只會更加強我們對於讀者的責任，因為如果不想要其他人輕率地將複雜的行文加諸在我們身上，那麼我們就不應該同樣加諸於人，這是不證自明的道理。如果我們是有社會責任的作者，就不應該簡化自己的概念，也不在沒有必要時把它變得很難。

有責任感的寫作者會遵循一個原則，你可能也認同其宗旨：

Write to others as you would have others write to you.
（寫給別人看你想要別人寫給你看的。）

　　我們很少人會刻意違反這寫作倫理第一條。只是大家都傾向於認為自己的寫作很清楚：如果讀者難以理解我們的作品，一定不是我們的寫法出了問題，而是他們閱讀能力不足。

　　但那是錯誤的，因為如果我們低估了讀者真正的需要，就會產生不只失去讀者注意力的風險。我們的風險還包括失去自亞里斯多德以來所謂寫作者的可靠精神——亦即讀者從我們的寫作中推知的特質：我們的作品讓讀者覺得難以接近或平易近人？可以信賴或是滿篇胡言？友善的直率或是不帶個人色彩的疏離？

　　經過時間，我們投注於每一分作品的精神將會轉變為個人信譽。因為我們傾向於相信那些有深思熟慮、可靠、照顧讀者需求等聲名的作者。

　　但信譽不是唯一的賭注，而是識讀社會的倫理基礎。當我們與預設的讀者交換立場，並經驗他們閱讀我們的作品後的結果，我們就會秉持原則，用倫理精神寫作。不幸的是，事情並不是那麼簡單。舉個例子，我們要如何判別那些不知道自己寫得很含糊，以及那些明知道自己寫得含糊但仍為此辯護的人？

非故意的含糊

　　寫作厚重而費解的人很少是故意如此。打個比方，我不相信下列段落的作者明知道還故意把它寫得這麼不清不楚：

A major condition affecting adult reliance on early communicative patterns is the extent to which the communication has been *planned* prior to its delivery. We find that adult speech behaviour takes on many of the characteristics of child language, where the communication is spontaneous and relatively unpredictable.

（影響成人對早期溝通模式的依賴有一項重要因素，就是提前規劃溝通內容的程度。我們發現成人的說話方式具有很多孩提語言的特徵，這階段的溝通是自發性而且相對上較無法預測。）

——歐克斯與許菲林（E. Ochs and B. Schieffelin），
「計畫及非計畫論述」《習得對話能力》（"Planned and Unplanned Discourse," *Acquiring Conversational Competence*）

這段意思是（我認為）：

When we speak spontaneously, we rely on patterns of child language.

（當我們自發性地說話時，會依賴孩提時的語言模式。）

　　作者也許會反對我過度簡化他們的概念，但是這十一個字表達了我從他們寫的四十四個字裡記得的內容。畢竟真正重要的，不是在閱讀過程中我們所理解的，而是隔天我們還記得的內容。

　　此處的倫理課題不是作者刻意的淡漠，而是其不自覺的忽

略。在這種情況下，當寫作者概念不夠清楚時，讀者就必須滿足讀者與作者合約裡的另一項條款：不只要仔細閱讀，而且有機會的話，還要坦率並有助益地回應。我知道你們當中很多人認為目前自己還不足以做到這點，但是，有一天你可以！

刻意誤導

當寫作者認為，使用語言不是為了提升讀者的興趣，而是隱藏自身的興趣時，寫作倫理就更加明顯。

範例1：誰犯錯？

席爾斯百貨（Sears）曾被指控索取過高汽車維修費用，其回應是以下這則廣告：

> With over two million automotive customers serviced last year in California alone, mistakes may have occurred. However, Sears wants you to know that we would never intentionally violate the trust customers have shown in our company for 105 years.
> （去年，單在加州就服務超過兩百萬名以上客戶，錯誤也許難免。但是，席爾斯要你知道的是，我們絕對不會故意違背一百零五年來客戶對於本公司的信任。）

在第一句中，寫作者避而不談席爾斯必須為發生的錯誤負責。他可以用一個被動式動詞：

...mistakes **may have been made.**

（……有可能造成錯誤。）

但是如此將引導我們去想，**是誰造成的？**所以，作者找到一個動詞，把席爾斯移到檯面下。他說錯誤只是「發生」（occurred）而已，似乎是自發的。

但是在第二個句子，作者聚焦於席爾斯這個負責的公司，因為他想要強調該公司的善意：

Sears... would never intentionally violate ...

（席爾斯……絕對不會故意違背……）

如果我們重寫第一句，把焦點放在席爾斯，在第二句將其隱藏，就會得到不同的效果：

When we serviced over two million automotive customers last year in California, we made mistakes. However, you should know that no intentional violation of 105 years of trust occurred.

（當我們去年在加州服務兩百多萬名汽車客戶時，我們犯了錯誤。然而，你應該知道並沒有發生刻意違反一百零五年來的信任。）

那就是風格上操作的一個小重點：以自我利益為出發點，但是動機並非出於惡意。下一個例子就更明顯了。

範例2：誰買單？

這封信是來自一家天然氣公司，告訴我及其他數千位客戶將要漲價的事情。（以下每一個子句的主旨／主題都以粗體表示，不論是主要子句或從屬子句。）

The Illinois Commerce Commission has authorized a restructuring of our rates together with an increase in Service Charge revenues effective with service rendered on and after November 12, 1990. **This** is the first increase in rates for Peoples Gas in over six years. **The restructuring of rates** is consistent with the policy of the Public Utilities Act that **rates for service to various classes of utility customers** be based upon the cost of providing that service. **The new rates** move revenues from every class of customer closer to the cost actually incurred to provide gas service.

（伊利諾州商業司已下令重整本公司的費率，並調高服務費收入，自一九九〇年十一月十二日起生效。這是人民天然氣六年多來第一次費用調漲。費率的重整是遵照公共水電法的規定，各級水電用戶的服務費率應依據提供服務的成本。新費率將來自各級用戶的收入調整至更接近提供天然氣服務的實際成本。）

　　這份通知是誤導的範例：在第一個句子之後，作者就沒有再用人稱開始寫其他句子，更沒有用利益攸關者（就是讀者我）開始。我只被提到兩次，用第三人稱，且從來不是主詞／主題／執行者：

　　... for service to various classes of utility **customers**
　　（……各級水電用戶的服務）

　　... move revenues from every class of **customer**
　　（……將來自各級用戶的收入調整至）

　　作者只提到公司一次，用第三人稱，並且做為應負責任的主詞／主題／執行者：

　　... increase in rates for **Peoples Gas**
　　（……人民天然氣費用調漲）

　　如果這家公司想要更清楚說明，關於誰是真正的「行動者」，以及誰是動作的接受者，這份通知讀起來會如下所示：

According to the Illinois Commerce Commission, **we** can now charge **you** more for your gas service after November 12, 1990. **We** have not made **you** pay more in over six years, but under the Public Utilities Act, now **we** can.
（根據伊利諾州商業司的規定，我們現在可以向您收取自

一九九〇年十一月十二日及以來更高的費用。六年來本公司都沒有要求您繳付更高費率，但是依照大眾水電法，我們現在可以如此要求。）

如果寫作者**意圖**推卸責任，那麼我們可以合理地指控他違反寫作倫理第一條，因為他當然不會願意收到同樣的內容，亦即技巧性地隱藏誰正在對與他利益相關的事做什麼動作。

範例3：誰會死？

最後，這裡有一段文字提出更重大的倫理問題：關於生和死。不久之前，政府會計處調查了為何半數以上接到通知信的車主並沒有遵照辦理修車。最後發現車主並不懂信中的內容，或是沒有感受到足夠的警告，把車帶去服務廠商。

我收到以下信件。這封信顯示，寫作者如何能履行法律義務，同時迴避倫理上的義務（我把句子加上編號）：

[1]A defect which involves the possible failure of a frame support plate may exist on your vehicle. [2]This plate (front suspension pivot bar support plate) connects a portion of the front suspension to the vehicle frame, and [3]its failure could affect vehicle directional control, particularly during heavy brake application. [4]In addition, your vehicle may require adjustment service to the hood secondary catch system. [5]The secondary

catch may be misaligned so that the hood may not be adequately restrained to prevent hood fly-up in the event the primary latch is inadvertently left unengaged. [6]Sudden hood fly-up beyond the secondary catch while driving could impair driver visibility. [7]In certain circumstances, occurrence of either of the above conditions could result in vehicle crash without prior warning.

（[1]關於車架支撐板失效的一個缺點可能存在於您的車中。[2]這塊板〔前懸吊軸桿支撐板〕將前懸吊的部分與車體框架連接，而[3]連接的失敗可能影響汽車的方向控制，特別是在重煞車時。[4]此外，您的車輛的發動機罩安全系統可能需要整修服務。[5]這個安全系統可能需要錯位，使發動機罩不致大幅受限以防止萬一主鎖並未鎖上時機罩飛起。[6]開車中機罩脫離安全鎖突然飛起可能妨礙駕駛可見度。[7]在特定狀況下，發生上述任一情況都可能造成無預警車禍。）

首先，看看這些句子的主詞／主題：

[1]a defect （缺點）	[2]this plate （這塊板）	[3]its failure （連接的失敗）
[4]your vehicle （您的車輛）	[5]the secondary catch （安全系統）	
[6]sudden hood fly-up （機罩突然飛起）	[7]occurrence of either condition （發生任一情況）	

　　那個故事的主角／主題不是我，駕駛員，而是我的車及其零件。事實上，寫作者——也許是一群律師們——幾乎完全忽略我（我在「您的汽車」出現兩次，在「駕駛」出現一次），而且也完全將自己置身事外。總而言之，信上說：

There is a car that might have defective parts. Its plate could fail and its hood fly up. If they do, it could crash without warning.
（有一輛車可能零件有缺陷，它的支撐板可能會失效而機罩可能會飛起。如果這種情況發生，車子可能會無預警撞毀。）

　　寫作者也將動詞名詞化，並將指涉可能使我有警覺的行動的其他動詞以被動語態呈現。（n=nominalization名詞化，p=passive被動。）

failure $_n$ （失敗）	vehicle directional control $_n$ （車輛方向控制）	heavy brake application $_n$ （重剎車）
be misaligned $_p$ （錯位）	not be restrained $_p$ （不受限）	hood fly-up $_n$ （機罩飛起）
is left unengaged $_p$ （未上鎖）	driver visibility $_n$ （駕駛可見度）	warning $_n$ （警告）

　　如果寫作者故意淡化我的恐懼甚或憤怒，那麼他們就違反了倫理責任，沒有依據他們希望我寫給他們的方式寫給我，因

為他們當然不會願意跟被刻意誘導而忽略某種危及生命的情況的讀者易地而處。

當然，堅持正直有其代價。如果我說，每個人都可以隨心所欲地寫作，那麼無疑是太天真了，特別是當一個寫作者的工作重點是保護雇主的利益時。也許那封信的作者覺得寫成這樣並非自願，但是這卻不能減輕後果。當我們明知卻故意用不願意別人寫給我們的方式寫作時，我們就磨損了維持一個公民社會的信任。

當然，我們不應該混淆不道德的迂迴與人性中傾向淡化壞消息的衝動。當一位主管說，「我擔心我們拿不到新的資助款」（I'm afraid our new funding didn't come through）時，我們知道他的意思是，你沒工作了。但是這份迂迴的動機不是欺騙而是仁慈。

簡言之，主詞的選擇很重要，不只是在我們想要表達清晰時，也在我們想要誠實或欺瞞時。

理性化不透明度

必要的複雜

一個更弔詭的道德問題是，我們應該如何回應那些知道自己寫作的風格複雜，但卻聲明其為必須，因為要突破新的智識

層次？他們是對的嗎？或者那只是為自我服務的理性化說法罷了？這個問題令人苦惱，不只因為我們只能就個案判斷，也因為有些情況我們可能根本無解，至少無法令每一個人都滿意。

舉個例子，以下有一個句子，出自當代文學理論大師之一：

If, for a while, the ruse of desire is calculable for the uses of discipline soon the repetition of guilt, justification, pseudo-scientific theories, superstition, spurious authorities, and classifications can be seen as the desperate effort to "normalize" *formally* the disturbance of a discourse of splitting that violates the rational, enlightened claims of its enunciatory modality.

（如果，有一陣子，慾望的計謀可以用規律計算，那麼很快地，重複犯罪、辯解、假科學理論、迷信、偽權威，以及分類，可以被看作鋌而走險的試圖正式地「正常化」一種分裂論述的混亂，其違反了自身闡述模式的理性、開明的主張。）

——霍米·巴巴（Homi Bhabha）

上面的句子是否表達某個無比細緻而複雜的思想，以至於其內容只能以這樣的寫作表達？或者這其實是學術的胡言亂語？我們如何決定事實上他的觀點是否，至少對有一般閱讀能力的讀者而言，並不具可近性，因為大多數人能夠理解這段文字的時間有限？

我們欠讀者精確與細緻入微的散文，但我們不應該認為他們欠我們無窮的時間來拆解這些文章。如果我們仍選擇讓讀者很難閱讀的寫作風格——當然，這是個自由的國家。在思想的市場上，真理是最大值，但不是唯一的價值。另外一個則是，我們想找到它必須付出的代價。

在最後一部分分析裡，我只能暗示，當寫作者宣稱因為他們的概念新穎，因此文章風格必須艱澀，事實上他們通常是錯的，很少是對的。語言哲學家路德維希‧維根斯坦（Ludwig Wittgenstein）說過：

Whatever can be thought can be thought clearly; whatever can be written can be written clearly.
（可以被思考的事物就能被清楚地思考；可以被寫作的事物就能夠被清晰地寫作。）

我再補充一點：

... and with just a bit more effort, more clearly still.
（……只須稍微多用一點心力，就可以表達得更清晰。）

有益的複雜／顛覆性的清晰

還有兩個為複雜性辯護的理由：一個主張複雜性對我們有益，另一則主張清晰並不好。

　　關於第一個主張，有些人論道，當我們愈需要用力了解所閱讀的內容，就會更加深思考的深度，也能理解得更好。大家知道，並沒有證據支持這一個愚蠢的說法，具體的證據剛好提出反證。

　　至於第二個說法，有些人認為「清晰」是有權力的人耍的技巧，以誤導我們相信真正控制我們生命的人是誰。他們主張，掌權者的說話和文字以簡單到近似欺騙的方式，使人變笨，而讓我們無法理解關於政治和社會現況的複雜真相：

The call to write curriculum in a language that is touted as clear and accessible is evidence of a moral and political vision that increasingly collapses under the weight of its own anti-intellectualism... It seems to us that those who make a call for clear writing synonymous with an attack on critical educators have missed the role that the "language of clarity" plays in a dominant culture that cleverly and powerfully uses "clear" and "simplistic" language to systematically undermine and prevent the conditions from arising for a public culture to engage in rudimentary forms of complex and critical thinking.

（對於課程寫作使用被吹捧為清晰平易的語言，這個呼籲佐證了在其自身反智主義的重量下逐漸崩解的道德及政治觀……我們似乎認為，那些呼籲清晰寫作的人不實在攻擊批判教育者，而且錯認「清晰語言」在主流文化所扮演

的角色，這個文化狡猾且有力的使用「清晰」和「簡化」的語言，系統性地顛覆與防止大眾文化投入複雜及批判思考的初步形式能出現的條件。）

——史丹利・阿羅諾維茲（Stanley Aronowitz），
《後現代教育：政治、文化與社會批評》
（*Postmodern Education: Politics, Culture, and Social Criticism*）

這位作者提出一個很好的觀點：語言與政治、意識形態與控制手段是互相牽連的。在最早期的歷史中，受過教育的菁英分子利用寫作排擠文盲階級，之後用拉丁文及法文排擠只懂英文的人。時至最近，當權者使用充滿拉丁名詞和標準英文的語彙，要求那些被排擠者加入在圈內者，共同臣服於一套數十年的教育體系，在其中他們被期待不只要習得圈內人的語言，也要認同其價值觀。

此外，清晰不是被墮落的學術界、官僚系統，以及其他亟欲保存其不合法權威者所敗壞的一種自然特性。清晰是社會創造的價值，是此社會必須盡力去維持的，因為寫作要清晰不僅困難：幾乎近於不自然的行為。它需要被學習，有時候過程相當痛苦（如本書所展示）。

所以，清晰是意識形態的價值嗎？當然是的。怎麼可能不是呢？

但是對批評清晰是種過度簡化複雜社會議題的陰謀之輩而言，其錯誤正如因為有人因惡意目的誤用科學，就對科學加以

抨擊的人一樣：科學或清晰書寫都不是威脅；我們是被那些利用清晰度（或科學）欺騙我們的人所威脅。清晰度並非顛覆工具，不合道德的使用才是。

我們寫每一個句子都需要做選擇，而我們選擇的道德品質取決於其背後的動機。只有明白動機，才能知道一個寫作清楚或複雜文章的作者，究竟是否自願擔任這類書寫的受詞，以同樣方式被影響（或操縱），並且得到同樣的結果。

那似乎夠簡單了，但其實不然。

延伸分析

要辨別出那些透過滿足私利的語言操縱我們的寫作者很容易。比較難的是，當我們被以為絕對不會欺騙我們的人的言語操縱時，去思考那些問題。但是只有這些情況會迫使我們去勉力思考關於風格和倫理的議題。

在美國歷史上最受讚譽的文字作品是《獨立宣言》、林肯（Abraham Lincoln）的蓋茲堡演說（Gettysburg Address）以及連任總統就職演說（Second Inaugural Address）。在此，我要檢視湯瑪斯・傑佛遜（Thomas Jefferson）在《獨立宣言》中如何控制行文風格，以影響讀者對他的論點邏輯產生回應。

《獨立宣言》因為邏輯縝密而倍受讚揚。傑佛遜先討論人權及其起源，之後列出一套清楚的三段論法：

主要前提：

When a long train of abuses by a government evinces a design to reduce a people under despotism, they must throw off such government.

（當政府一連串濫權行為顯示欲迫使一國人民屈服於暴政之計畫，他們就必須推翻政府。）

次要前提：

These colonies have been abused by a tyrant who evinces such a design.

（這些殖民地已經被一專制暴君欺壓，後者顯明具有此一計畫。）

結論：

We therefore throw off that government and declare that these colonies are free and independent states.

（因此我們推翻該政府，並宣告這些殖民地為自由且獨立之州。）

傑佛遜的論點直接，他表達論點的語言也同樣巧妙。

傑佛遜開頭以前言解釋，為何殖民地人民決定為其獨立主張辯護。根據令人驚訝的想法，亦即革命者必須有，而且宣告正當的原因：

When, in the course of human events, it becomes necessary for one people to dissolve the political bonds which have connected them with another, and to assume among the powers of the earth, the separate and equal station to which the laws of nature and of nature's God entitle them, a decent respect to the opinions of mankind requires that they should declare the causes which impel them to the separation.

（在人類事件發展的過程中，當一國人民必須解除其與另一國連結的政治關係，並且在世界各國中擔任自然法及自然的上帝之律法所賦予之獨立且同等的地位時，基於對人類意見的適切尊重，他們應該宣布促使其採取獨立的原因。）

他隨後將《宣言》組織為三部分。在第一部分，他提供了主要前提，即一國人民推翻暴政並以自組政府取代的哲學理論根據：

We hold these truths to be self-evident, that all men are created equal, that they are endowed by their Creator with certain unalienable rights, that among these are life, liberty and the pursuit of happiness. That to secure these rights, governments are instituted among men, deriving their just powers from the consent of the governed. That whenever any form of government becomes destructive to these ends, it is the right of the people to alter or to abolish it, and to institute new government, laying its foundation on such principles and organizing its powers in such form, as to them shall seem most likely to effect their safety and happiness. Prudence, indeed, will dictate that governments long established should not be changed for light and transient causes; and accordingly all experience hath shown that mankind are more disposed to suffer, while evils are sufferable, than to right themselves by abolishing the forms to which they are accustomed. But when a long train of abuses and usurpations, pursuing invariably the same object evinces a design to reduce them under absolute despotism, it is their right, it is their duty, to throw off such government, and to provide new guards for their future security. （我們認為以下真理不證自明，所有人皆生而平等，擁有創造主所賦予之若干不能剝奪的權利，包括生命、自由，以及追求快樂的權利。為了穩固這些權利，人類設立政府，經過被統治者的同意取得正當的權力。不論何時任何形式的政府破壞這些目的，人民即有權加以更改或廢止，並且以人民認為最能確保其平安和幸福之原則為基礎成立新政府，並以此形式組織權力。確實，基於謹慎，長期成立之政府不應為輕微且短暫的原因而變更；同時所有經驗均顯示，當邪惡還能忍耐時，人類更習於忍受，而非為

了使自己好過而廢除他們已經習慣的制度。然而,當一連串濫權行為及篡奪不斷追逐相同的目標,指向將人民置於絕對專制暴政之計畫時,推翻這樣的政府並護衛未來的安全,就是人民的權利,也是義務。)

第二部分,傑佛遜將以下原則施用於殖民地居民的情況:

Such has been the patient sufferance of these colonies; and such is now the necessity which constrains them to alter their former systems of government. The history of the present King of Great Britain is a history of repeated injuries and usurpations, all having in direct object the establishment of an absolute tyranny over these states. To prove this, let facts be submitted to a candid world.

(此即為這些殖民地長久忍耐痛苦的情況;因此現在有必要迫使他們改變先前的政府體制。目前大不列顛國王的歷史,是一部重覆傷害和篡奪的歷史,一切行為的直接目標都是在這些州建立絕對的專政。為了證明,我們將事實向正直的世界宣布。)

這些事實包括一連串英王喬治對殖民地的侵略,證據支持傑佛遜的次要前提,亦即英國國王意圖「在這些州建立絕對的專政」:

He has refused his assent to laws, the most wholesome and necessary for the public good.

（他拒絕批准對公眾福祉最有益、最必要的法律。）

He has forbidden his governors to pass laws of immediate and pressing importance ...

（他禁止治理者通過具有最立即並迫切重要性的法律……）

He has refused to pass other laws for the accommodation of large districts of people ...

（他拒絕通過便利廣大地區人民的其他法律……）

He has called together legislative bodies at places unusual, uncomfortable, and distant ...

（他召集立法團體到不尋常、不舒服和遙遠的地方……）

第三部分以拓殖者致力於避免分裂開頭：

In every stage of these oppressions we have petitioned for redress in the most humble terms: Our repeated petitions have been answered only by repeated injury. A prince, whose character is thus marked by every act which may define a tyrant, is unfit to be the ruler of a free people.

Nor have we been wanting in attention to our British brethren. We have warned them from time to time of attempts by their legislature to extend an unwarrantable jurisdiction over us. We have reminded them of the circumstances of our emigration and settlement here. We have appealed to their native justice and magnanimity, and we have conjured them by the ties of our common kindred to disavow these usurpations, which would inevitably interrupt our connections and correspondence. They too have been deaf to the voice of justice and of consanguinity. We must, therefore, acquiesce in the necessity, which denounces our separation, and hold them, as we hold the rest of mankind, enemies in war, in peace friends.

（在這些壓迫的各個階段，我們都以最謙卑的態度懇求改善：我們屢次的請求得到的回覆只是不斷的傷害。一個王子的人格因此被銘刻上暴君才會有的各項行徑，因此他不適合擔任一群自由人民的統治者。

我們對英國兄弟們的提醒也從來未曾減少。我們已經不時對他們提出警告，不該試圖以立法對我們延伸毫無依據的管轄權。我們也已提醒他們，我們移民並定居在此地的情況。我們也訴諸他們天性中原有的正義與寬容，並以共同的血脈關係召喚此胸襟，以棄絕其掠奪的行為，恐最終難免危害彼此之間的聯繫和往來。因此，我們不得不與之脫離，把他們當作其餘的民族一樣，在戰時是敵人，在和平時是朋友。）

第三部分以實際的宣告獨立作結：

We, therefore, the representatives of the United States of America, in General Congress, assembled, appealing to the Supreme Judge of the world for the rectitude of our intentions, do, in the name, and by the authority of the good people of these colonies, solemnly publish and declare, that these united colonies are, and of right ought to be free and independent states; that they are absolved from all allegiance to the British Crown, and that all political connection between them and the state of Great Britain, is and ought to be totally dissolved; and that as free and independent states, they have full power to levy war, conclude peace, contract alliances, establish commerce, and to do all other acts and things which independent states may of right do. And for the support of this declaration, with a firm reliance on the protection of divine providence, we mutually pledge to each other our lives, our fortunes and our sacred honor.

（因此，我們代表美利堅合眾國在大陸會議聚集，向世界最高正義提出我們正直的意圖，以殖民地各州良善人民之名及其授權，嚴正公布並宣告，這些聯合殖民地從此是自由的，且有權利成為自由獨立的國家；完全脫離對英國皇

室的效忠，他們與大英帝國之間所有的政治關係在此應該完全解除；並且，身為自由獨立的國家，他們完全有權發動戰爭、談和、締約結盟、發展貿易，以及從事其他獨立國家有權行使之一切作為。為支持此宣言，我們堅定仰賴神聖上帝之護祐，相互誓約將生命、財產，以及神聖的榮譽託付彼此。）

傑佛遜的論點是冷靜邏輯的範例，但是他高超地處理語言，不著痕跡地使讀者接受他的邏輯。

第二及第三部分反映了本書第二到第五課所討論的清晰原則。在第二部分，傑佛遜以「他」（喬治王）做為簡短、具體的，所有動作的主詞／主題／執行者。

He *has refused* ...（他拒絕⋯⋯）

He *has forbidden* ...（他禁止⋯⋯）

He *has refused* ...（他拒絕⋯⋯）

He *has called together* ...（他召集⋯⋯）

他原本可以這樣寫：

His assent to laws, the most wholesome and necessary for the public good, *has not been forthcoming* ...

（他的許可，對於大眾福祉最有益也必須的法律，並沒有出現⋯⋯）

Laws of immediate and pressing importance *have been forbidden* ...

（具有最直接和迫切重要性的法律已經被禁止……）

Places unusual, uncomfortable, and distant from the depository of public records *have been required* as meeting places of legislative bodies ...

（距離公共文件檔案最不尋常、不舒服和最遠的地方，被要求當作立法團體的開會所……）

或者他可以持續聚焦於殖民地居民：

We *have been deprived* of laws, the most wholesome and necessary ...

（我們被剝奪法律，最有益也最必要的……）

We *lack* laws of immediate and pressing importance ...

（我們缺少立即和急迫要緊的法律……）

We *have had to meet* at places unusual, uncomfortable ...

（我們必須在不尋常、不舒服的地方開會……）

　　換句話說，傑佛遜並沒有被事物的本質所迫，而以英王喬治當作每個壓迫性動作的主動執行者。但是他這樣的選擇支持了他的論點，顯示英王是個我行我素、虐待的暴君。不過，這

樣的選擇看似很自然，以至於我們沒注意它是一個**選擇**。

在第三部分，傑佛遜也用一種反映我們所說的清晰原則的風格寫作：他再次使故事內的角色與句子的主詞／主題吻合。但是在此處，他把角色轉換為拓殖者，稱之為**我們：**

Nor *have* **we** *been wanting* in attentions to our British brethren.

（我們對英國兄弟們的提醒也未曾減少。）

We *have warned* them from time to time ...

（我們已經不時對他們提出警告……）

We *have reminded* them of the circumstances of our emigration ...

（我們也已提醒他們，我們移民在此地的情況……）

We *have appealed* to their native justice and magnanimity ...

（我們也訴諸他們天性中原有的正義與寬容……）

... **we** *have conjured* them by the ties of our common kindred ...

（……我們以共同的血脈關係召喚他們……）

They too *have been deaf* to the voice of justice and of consanguinity.

（他們也對此正義和血緣的呼聲充耳不聞。）

Lesson 11
風格的倫理 309

We *must,* therefore, *acquiesce* in the necessity ...

（因此，我們不得不……）

We... *do...* solemnly *publish and declare* ...

（我們……嚴正公布並宣告……）

... we mutually *pledge* to each other our Lives ...

（……我們相互誓約將生命託付彼此……）

除了 They too have been deaf（他們充耳不聞）之外，所有的主詞／主題都是 we。

而且，傑佛遜並非被事物的本質所驅使才如此寫，他也可能以英國兄弟為主詞／主題：

Our British brethren *have heard* our requests ...

（我們英國的弟兄已經聽到我們的請求……）

They *have received* our warnings ...

（他們已經收到我們的警告……）

They *know* the circumstances of our emigration ...

（他們知道我們移民的情形……）

They *have ignored* our pleas ...

（他們忽略我們的請求……）

　　不過，他選擇以拓殖者做為行動主體，以將讀者聚焦於殖民地人民在談判上的努力，然後是他們宣告獨立的行動。

　　再一次，他在用詞上的選擇看起來很自然，甚至平凡無奇──英王喬治做盡這些專制暴行，所以我們必須宣告獨立──但是這些選擇並非不可避免的。

　　更有趣的是傑佛遜在第一部分的選擇，這些文字已經成為我們對國家共同的記憶了。在這部分裡，他選擇一種相當不同的風格。事實上，在第一部分，他只寫兩個句子，以真實人民當作動詞的主詞：

　　... **they** [the colonists] *should declare* the causes ...
　　（……他們〔殖民地人民〕應該公布原因……）

　　We *hold* these truths to be self-evident ...
　　（我們認為以下真理是不證自明的……）

有另外四個主詞－動詞排列有簡短而具體的主詞，不過都是以被動式寫作：

　　... **all men** *are created* equal ...
　　（……所有人皆生而平等……）

　　... **they** *are endowed* by their Creator with certain unalienable rights ...

（……他們都享有創造主所賦予的若干不能剝奪的權利……）

... **governments** *are instituted* among men ...
（……人類設立政府……）

... **governments long established** *should not be changed* for light and transient causes ...
（……長期成立之政府不應為輕微且短暫的原因而變更……）

　　前兩句的行為者很明顯是上帝，但最後兩個被動語態卻刻意模糊了執行動作的普通人民與特定的殖民地居民。

　　在第一部分的其餘內容，傑佛遜選擇用更非人格化的寫法，以抽象化名詞做為幾乎所有重要動詞的主詞／主題／執行者。事實上，他大部分的句子都適合用我們在第二到第五課探討的方式修改：

When in the course of human events, **it** *becomes necessary* for one people to dissolve the political bands which have connected them with another ...
（在人類事件發展的過程中，當一國人民必須解除其與另一國連結的政治關係……）

✓ When in the course of human events, **we** *decide* **we** *must dissolve* the political bands which have ...

（在人類事件發展的過程中，我們決定我們必須解除⋯⋯
政治關係⋯⋯）

... **a decent respect to the opinions of mankind** *requires* that they should declare **the causes** which *impel* them to the separation.

（⋯⋯基於對人類意見的適切尊重，他們應該宣布促使其
採取獨立的原因。）

✓ If **we** decently *respect* the opinions of mankind, **we** *must declare* why **we** *have decided to separate.*

（如果我們適切尊重人類的意見，我們必須宣布為何我們
決定採取獨立。）

... **it** *is the right* of the people to alter or to abolish it, and to institute new government ...

（⋯⋯人民有權加以更改或廢止，並且成立新政府⋯⋯）

✓ **We** *may exercise* our right to *alter or abolish* it, and *institute* new government ...

（我們可能可以運用權利加以更改或廢止，並且成立新政
府⋯⋯）

Prudence, indeed, *will dictate* that governments long established should not be changed for light and transient causes ...

（確實，基於謹慎將認為長期成立之政府不應為輕微且短暫的原因而變更……）

✓ If **we** *are prudent*, **we** *will not change* governments long established for light and transient causes.

（如果我們謹慎，我們將不會為輕微且短暫的原因而變更長期成立之政府。）

... **all experience** *hath shewn*, that **mankind** *are more disposed* to suffer, while evils are sufferable ...

（……所有經驗均顯示，當邪惡還能忍耐時，人類更習於忍受……）

✓ **We** *know* from experience that **we** can *choose* to *suffer* those evils that are sufferable ...

（我們從經驗得知，我們選擇去忍受還能承受的邪惡……）

... **a long train of abuses and usurpations** ... *evinces* a design to reduce them under absolute despotism.

（……當一連串濫權行為和篡奪……顯示欲迫使一國人民屈服於暴政之計畫。）

✓ **We** *can see* a design in a long train of abuses and usurpations pursuing invariably the same object—to reduce us under absolute despotism.

（在一連串濫權行為和篡奪的計畫中我們可以看到一個相同的目的——欲迫使我們屈服於暴政之下。）

Necessity... *constrains* them to alter their former systems of government.

（有必要……迫使他們改變先前的政府體制。）

✓ **We now** *must alter* **our former systems of government**.

（我們現在必須改變我們之前的政府體制。）

　　為什麼傑佛遜在第二和第三部分可以寫得這麼清晰和直接，卻在第一部分選擇以如此間接與非人格化的筆調寫作？顯而易見的答案是，他想要設立哲學基礎，不是只為革命本身，而是為普世公義的革命。這是在西方政治思想上深具顛覆性的概念，也需要更多理由支持，不是僅提出殖民地居民想要推翻他們不喜歡的政府而已。

　　第一部分的風格最驚人之處，不只是其非人格化的普同性，而是傑佛遜如何堅持使用該種風格，以剝除被殖民者任何出於自身的自由意志，並且將執行者的角色授予更高層次的力量，其為迫使殖民地人民採取行動的主力：

- **respect** for opinion *requires* that [the colonists] explain their action

  （基於對意見的尊重，要求〔殖民者〕解釋他們的行動）

- **causes** *impel* [the colonists] to separate

  （有原因迫使〔殖民者〕脫離）

- **prudence** *dictates* that [the colonists] not change government lightly

  （基於謹慎認定〔殖民者〕不輕易改變政府）

- **experience** has *shown* [the colonists]

  經驗顯示〔殖民者〕

- **necessity** *constrains* [the colonists]

  出於必要限制〔殖民者〕

傑佛遜在第三部分再次呼應對殖民地人民的權力壓迫：

- **We** *must... acquiesce [to] the necessity*, which denounces our separation.

  （我們必須……同意有此必要，宣布脫離。）

即便當抽象事物並非明確壓迫殖民地人民，傑佛遜暗示拓殖者並未能自由行事：

- It [is] *necessary* to sever bonds.

  （切斷關係是必要的。）

- Mankind *are disposed* to suffer.

  （人類傾向忍受痛苦。）

- It is their *duty* to throw off a tyrant.

  （推翻暴君是他們的責任。）

以這個觀點來看，就算「We hold these truths to be self-evident」（我們認為以下真理不證自明）這個說法也暗示殖民地居民並未發現這些事實，而是這些事實自行加諸於拓殖者身上。

簡單講，傑佛遜操縱他的語言三次，兩次使用似乎透明、平凡的方式，太容易預測以致人們幾乎不會注意到這個選擇：在第二部分，他以喬治王為每一個句子的主詞／主題，而使他成為其行為之自由的執行者；在第三部分，傑佛遜讓拓殖者當作其自身行動的執行者。

但是要使第一部分的論點成立，傑佛遜必須讓殖民地人民看來是被更高的力量所驅使的客體。因為在《獨立宣言》中唯一指明的最高力量是創造主，自然界的上帝，所以創造主隱然就是那股驅策的力量「迫使他們變更先前的政治體制」。傑佛遜並沒有明白地說出來，更沒有為之辯護。相反地，他讓句子的文法替他提出這個論點。

　　《獨立宣言》是一份壯闊恢宏的文件，超過其文法和行文風格所承載的因素。這些文字使美國得以建國，也奠定了使世界各地自治政府得以成立的基本價值。

　　但是我們不能忽略傑佛遜的修辭功力，特別是他高超的風格。他創作了邏輯完美的論述為獨立辯護，但他也操縱、控制、揉搓、編織（不管你用什麼詞）語言，來支持他的邏輯，是一般閱讀時不常見到的形式。

　　如果他的目的與他所用的手段並不相稱，我們可能會質疑傑佛遜是在欺騙，利用語言而非邏輯去建立其論點的重要前提：殖民地居民除了做他們所做的，並沒有其他自由；他們別無選擇，只有反抗。

　　最後，這是一個倫理問題。我們會相信不只用明顯的邏輯論點、也隱然用行文風格控制我們反應的作者嗎？對於那封汽車回廠通知信，我們會說「不」，因為它幾乎確定是要蓄意欺騙我們。然而，對於傑佛遜我們可能會說「是」，但是也只有在我們同意他刻意的目的與其手段相稱時，這個原則我們通常基於倫理之故會予以拒絕。

「好」的寫作

　　最後，我們要如何決定何為「好的」寫作呢？是清晰、優雅、誠實的文章，即便它並沒有達到目的？或者是能獲得效果

的寫作，即使不具備正直也不擇手段？我們的問題在於，**好的**可以意味道德上健全的或者實務上是成功的。

要解決這個兩難，可運用我們的倫理寫作原則第一條：

We are ethical writers when we would willingly put ourselves in the place of our readers and experience what they do as they read what we've written.

（當我們願意把自己與讀者易地而處，並體驗他們閱讀我們的文字時會怎麼做，這時我們就是道德的寫作者。）

那樣是把負擔放在我們身上，去想像讀者和他們的感受。

如果你在學術或專業上已經小有成就，你應該經歷過寫作不夠清晰的後果。如果你剛進大學不久，你可能會疑惑這裡談的清晰、道德和精神好像只是充版面。目前，你可能只要找到足夠的字詞填滿三頁就很高興了，根本不會去管什麼風格。你也可能正在讀一些教科書，是經過大量編輯以讓學生容易讀懂的。你可能還未體驗過太多不用心的寫作。但這只是時間早晚的問題而已。

其他人會想，他們為什麼要費力學習如何寫得清晰，因為不好的作品到處可見，對於作者來講成本很低。有經驗的讀者知道，你最終也會明白的是，能達到清晰和優雅的寫作者非常少，當我們發現這樣的作者時，會感激涕零。他們的付出不會白費。

　　我也知道，創作一個好句子或段落已經可以帶給許多作家足夠的樂趣。我們不僅在寫作上會發現這種道德的滿足感，還有我們所做的每一件事情也會：我們做好事時會有樂趣，不管是什麼工作，也不管有沒有人注意。哲學家懷德海（Alfred North Whitehead）清晰優雅地表達了這種觀點，他認為「風格感」（sense for style）在任何藝術或其他的工作上，都是以最經濟的方式達成有計畫目的的一種美學，最終也是道德的欣賞：

> The administrator with a sense for style hates waste; the engineer with a sense for style economises his material; the artisan with a sense for style prefers good work. Style is the ultimate morality of mind.
>
> （有風格感的行政人員討厭浪費；有風格感的工程師會用最經濟的原料；有風格感的工匠偏愛好作品。風格是心智最終的道德。）
>
> ——懷海德，〈教育的目標〉（The Aims of Education）

國家圖書館出版品預行編目資料

英文寫作的魅力：十大經典準則，人人都能寫出
　清晰又優雅的文章／約瑟夫‧威廉斯（Joseph
　M. Williams）、約瑟夫‧畢薩普（Joseph Bizup）
　著；陳佳伶譯. -- 初版. -- 臺北市：經濟新潮社出
　版：家庭傳媒城邦分公司發行, 2014.09
　　面；　公分. --（自由學習；4）
　譯自：Style : the basics of clarity and grace
　ISBN 978-986-6031-56-4（平裝）

　1. 英語　2. 寫作法

805.17　　　　　　　　　　　　　　103015445